# HISTOIRES DE FANTÔMES

Du même auteur dans
Le Livre de Poche Jeunesse :

*Danny, le Champion du monde*

ROALD DAHL

*présente*

# HISTOIRES DE FANTÔMES

Traduit de l'anglais
par Jean-François Ménard

Illustrations :
Boiry

HACHETTE
*Jeunesse*

Pour James Kelly.

La première édition de cet ouvrage
a été publiée
par Jonathan Cape Ltd. Londres
sous le titre :
*ROALD DAHL'S BOOK OF GHOST STORIES*

# Introduction

Mon vieil ami, le sage et vénérable Alfred Knopf, célèbre éditeur américain, avait un demi-frère prénommé Edwin. Edwin était producteur de films à Hollywood et, il y a bien longtemps de cela, en 1958, je vins le voir pour lui proposer l'idée de créer ensemble une série télévisée entièrement consacrée à des histoires de fantômes. Je lui fis observer que personne encore n'avait réalisé un tel projet et je lui assurai qu'il existait une quantité d'histoires de fantômes à partir desquelles il ne serait pas difficile de réunir de fantastiques scénarios. Nous n'avions d'ailleurs besoin que de vingt-quatre histoires pour constituer cette série.

Eddie Knopf réfléchit à ma proposition, en parla avec ses amis, et tout le monde trouva l'idée excellente. Emlyn Williams fut contacté et donna son accord pour présenter chacun des épisodes. Je pouvais donc commencer à me mettre au travail en cherchant vingt-quatre des meilleures histoires de fantômes jamais publiées. Je devais également écrire le scénario du premier film *(le pilote)* et ceux de plusieurs autres.

Apparemment, ma tâche ne semblait pas trop ardue. Dans la seconde moitié du XIX^e^ siècle et au début du XX^e^ siècle, les histoires de fantômes étaient fort à la mode. Dickens en avait écrit une. J. M. Barrie en avait publié plusieurs, ainsi que Bulwer-Lytton, D. K. Broster, George Eliot, Anatole France, Elizabeth Gaskell, Théophile Gautier, Leslie Hartley, Nathaniel Hawthorne, Thomas Hardy, Washington Irving, Henry James, Walter de la Mare, Somerset Maugham, Guy de Maupassant, Edgar Poe, Sir Walter Scott, Mark Twain, H. G. Wells et Elizabeth Bowen. Même Oscar Wilde en avait écrit une intitulée *Le Fantôme de Canterville.* C'étaient là de grands noms de la littérature et j'avais hâte de faire mon choix.

L'une des premières démarches que j'entrepris fut de contacter Lady Cynthia Asquith qui était une autorité reconnue en matière d'histoires de fantômes ; elle-même en avait publié plusieurs anthologies. Elle était âgée, de santé précaire et se trouvait alitée lorsqu'elle me reçut. Elle se montra cependant aussi brillante qu'à l'accoutumée et me donna une foule de conseils judicieux sur la meilleure manière de commencer mes recherches.

Après avoir exploré un nombre impressionnant de librairies et de bibliothèques – notamment celle du British Museum –, je parvins à rassembler à peu près toutes les histoires de fantômes qu'on eût jamais écrites. Ma maison fut bientôt remplie de livres et de piles de vieux magazines que j'avais, selon les cas, achetés ou empruntés. Et enfin, je me mis à lire.

Je reçus alors un choc. Car les cinquante premières histoires que je parcourus se révélèrent si médiocres qu'il me fut difficile de les finir. Elles étaient insignifiantes, mal écrites et n'inspiraient pas le moindre effroi. Or, la raison d'être des histoires de fantômes, c'est justement de faire peur. Elles devraient, en principe, donner des frissons au lecteur et lui mettre la tête à l'envers. Mais aucun des textes que j'avais lus jusqu'alors n'avait atteint ce but. Certaines des histoires les plus mauvaises avaient été écrites par les auteurs les plus célèbres, et je les lus jusqu'au bout en ayant du mal à en croire mes yeux, tant elles étaient consternantes. Malgré tout, je répertoriai avec soin dans un cahier toutes ces histoires en donnant une note à chacune. La plupart d'entre elles obtinrent zéro sur dix.

Puis soudain, une étoile éblouissante illumina ce ciel si sombre. J'avais enfin trouvé un bon texte dont la fin me donna la chair de poule. L'auteur s'appelait Rosemary Timperley et la nouvelle avait pour titre : *Harry*. Cette découverte me requinqua et je poursuivis ma tâche.

Je lus encore une centaine d'autres histoires médiocres avant d'en trouver une deuxième qui me plut. Il s'agissait de *La Porte ouverte* de Mrs. Oliphant.

Après avoir lu en tout environ trois cents histoires publiées, je parvins à en réunir sept de bonne qualité. Ce n'était pas beaucoup, mais c'était quand même un début. En dehors des deux textes de Rosemary Timperley et de Mrs. Oliphant que j'ai déjà mentionnés, il y avait *Le Téléphone* de Mary Treadgold, *Après* d'Edith Wharton, *Le Repos des vieilles filles* de Clemence Dane et *L'Express de 4 heures 15* d'Amelia B. Edwards.

Mais, au fait, que se passait-il donc ? Je me rendais compte soudain que toutes ces histoires avaient été écrites par des femmes ! C'était extraordinaire et je commençai à me demander si la faculté d'inventer des histoires de fantômes vraiment bonnes n'était pas l'apanage exclusif du sexe féminin. Les femmes étaient-elles plus sensibles que les hommes dans ce genre si particulier et si délicat ? C'était bien ce qui semblait.

Je me remis alors au travail avec le sentiment que j'étais peut-être en train de faire une découverte littéraire assez étonnante. Et par extraordinaire, le prochain bon texte que je lus était également l'œuvre d'une femme ! Il s'agissait d'un conte intitulé : *Dieu veuille qu'elle repose en paix*, par Cynthia Asquith. Tout cela commençait à me passionner véritablement.

Hélas ! l'excellente histoire que je sélectionnai ensuite était l'œuvre d'un homme, A. M. Burrage. Ce texte admirable s'intitulait *Compagnes de jeu.* Vint alors toute une série de nouvelles écrites par des hommes, L. P. Hartley, C. Dickens, E. F. Benson, John Collier et les autres. Les hommes rattrapaient leur retard.

À la fin de ce marathon de lecture, je calculai que j'avais lu sept cent quarante-neuf histoires de fantômes. J'étais complètement hagard, après avoir ingurgité tant d'idioties, mais, en abandonnant d'une démarche titubante ma pile de livres et de magazines, j'éprouvais malgré tout la satisfaction d'avoir trouvé pour la série télévisée d'Eddie Knopf vingt-quatre bonnes histoires et dix autres utilisables.

Les auteurs hommes avaient finalement rattrapé les femmes, mais de justesse seulement. De mes vingt-quatre meilleures histoires (que je n'ai pu, faute de place, toutes rassembler dans ce recueil), treize avaient été écrites par des hommes et onze par des femmes. Ces chiffres m'intriguaient et je vais expliquer pourquoi. Nombreux sont ceux que fascine ou déconcerte la constatation que les femmes ont toujours échoué à atteindre les tout premiers rangs dans deux des trois domaines majeurs de la création artistique : la musique et la peinture. En littérature, il en va tout autrement. Depuis que les sœurs Brontë et Jane Austen ont donné l'exemple, les femmes de talent ont été nombreuses à écrire des romans. On ne peut pas en dire autant lorsqu'on parle de composition musicale, de peinture ou de sculpture. Dans toute l'histoire de l'art, il n'y a jamais eu de femme compositeur de tout premier plan. Il n'y en a jamais vraiment eu non plus en peinture ni en sculpture. La plus grande femme peintre fut probablement Popova, suivie de deux autres Russes, Goncharova et Exter. On peut également citer Mary Cassatt, Barbara Hepworth et peut-être Georgia O'Keefe. Mais aucune d'entre elles n'a jamais pu rivaliser avec l'immense foule des grands noms masculins de la peinture, de Dürer à Picasso.

Revenons, cependant, aux femmes écrivains. Depuis environ cent trente ans, elles ont produit de très bons romans, parfois même d'excellents. En revanche, elles ne semblent pas capables d'écrire des pièces de théâtre ou des nouvelles de très grande qualité. Je ne pense pas qu'une femme ait jamais écrit une pièce de théâtre qui soit devenue un classique.

Il en va de même pour les nouvelles – elles n'ont jamais produit de nouvelles vraiment remarquables. Parmi les vingt-cinq meilleures nouvelles qui aient jamais été écrites (en admettant qu'on puisse établir un choix qui mette tout le monde d'accord), on pourrait raisonnablement inclure un texte de Katherine Mansfield, un autre de Willa Cather et un troisième de Shirley Jackson. Mais c'est tout. On arriverait alors à un score de vingt-deux contre trois en faveur des hommes.

Or, pourtant – et c'est là que les choses deviennent intéressantes –, les histoires de fantômes, à tout le moins le genre d'histoires dont je parle, *sont* bel et bien des nouvelles. Et dans cette catégorie bien particulière, les femmes suivent les hommes de très près, de beaucoup plus près même que dans le roman, avec un score de treize pour les hommes contre onze pour les femmes. Mais ce sont des femmes qui ont écrit quelques-unes des meilleures histoires.

Aussi, peut-être y a-t-il quelque chose de vrai dans la thèse selon laquelle les femmes manifesteraient une sensibilité exceptionnelle lorsqu'il s'agit d'aborder, dans l'écriture, le domaine du surnaturel. Qui pourrait jamais oublier la merveilleuse histoire de Shirley Jackson intitulée *La Loterie* ? Ce n'est pas une histoire de fantôme à proprement parler, mais on y trouve des éléments du même genre où se mêlent l'angoisse et l'insondable. Et quant à la façon dont le récit est mené, je n'ai jamais rien lu d'égal sous la plume d'un auteur de nouvelles masculin.

Je n'ai non plus aucun doute sur la place que tiennent les femmes dans l'une des sphères les plus importantes de la création littéraire. Je veux parler, bien entendu, des livres pour enfants. Certains se mettront peut-être à hurler en lisant cette affirmation, mais si je dis que les livres pour enfants sont l'un des aspects les plus importants de la création littéraire, ce n'est pas parce qu'il m'arrive moi-même d'en écrire, c'est tout simplement que j'en suis profondément convaincu. Toutes les autres formes de fiction ont pour seule ambition de divertir des esprits adultes. Et les livres pour enfants doivent également divertir mais, en même temps, ils ont une autre fonction : ils donnent à l'enfant l'envie de lire. Ils le familiarisent avec l'écrit, ils lui apprennent le vocabulaire et, de nos jours, ils lui enseignent aussi qu'il peut y avoir de meilleurs moyens de passer le temps que de regarder la télévision.

Il est proprement scandaleux de voir la manière dont les livres pour enfants sont pratiquement ignorés dans les magazines, les suppléments hebdomadaires des quotidiens et dans ce qu'on appelle d'une manière générale le milieu littéraire. C'est aux biographies qu'on accorde le plus d'attention, puis aux romans pour adultes et enfin à la poésie. On ne parle des livres pour enfants que de temps à autre. Pourtant – et je voudrais qu'on lise attentivement ce qui va suivre –, pourtant, dis-je, demandez donc à n'importe lequel de ces auteurs ou de ces critiques littéraires bien établis d'essayer d'*écrire* un livre pour enfants, j'entends un bon livre que les enfants aimeront et dont le succès durera pendant des années : on peut être presque certain qu'il n'y parviendra pas.

Je suis tout à fait persuadé que lorsqu'on s'adresse aux enfants, il est plus difficile d'écrire un livre qui résiste au temps que lorsqu'on s'adresse aux adultes. C'est une opinion qui pourra prêter à controverse, mais voici les raisons pour lesquelles je l'exprime : combien de romans pour adultes sont-ils écrits chaque année qu'on lira encore largement vingt ans plus tard ? Probablement une demi-douzaine. Et combien de livres pour enfants sont-ils écrits chaque année qui seront encore largement et avidement lus vingt ans plus tard ? Sans doute un seul.

On pourrait m'objecter que les grands écrivains ne se soucient guère d'essayer d'écrire des livres pour enfants. Mais l'on aurait tort. Car la plupart d'entre eux *ont* essayé. Il y a de cela bien longtemps, un éditeur new-yorkais du nom de Crowell Collier a eu ce qu'il pensait être une brillante idée. Il s'agissait de proposer aux plus célèbres écrivains de langue anglaise d'écrire une histoire pour enfants. On les appâterait avec des à-valoir élevés, puis on réunirait tous ces textes en un seul volume qui deviendrait à n'en pas douter un classique.

Des lettres furent envoyées et, comme l'à-valoir proposé était important et le texte à écrire relativement court, tous les écrivains acceptèrent. Or, il n'y avait là, croyez-moi, que des grands noms, des romanciers célèbres, des soi-disant géants du monde littéraire. Je ne vous dirai pas qui ils étaient, mais vous les connaissez tous.

Les manuscrits commencèrent alors à arriver et je lus chacun d'eux. Un seul écrivain, Robert Graves, avait quelque idée de la façon dont on peut écrire pour les enfants. Mais toutes les autres histoires auraient immanquablement endormi au bout de deux minutes n'importe quel enfant ayant eu la malchance de tomber dessus. Elles étaient tout simplement impubliables et il fallut abandonner le projet, ce qui coûta une belle somme d'argent à l'éditeur.

Lorsqu'il s'agit d'écrire des livres pour enfants qui deviennent des classiques, les femmes l'emportent sur les hommes. Elles sont très bonnes romancières, elles sont encore meilleures quand elles écrivent des histoires de fantômes mais elles restent inégalables dans le domaine des livres pour enfants. On peut citer en exemple *Le Jardin secret* de France Hodgson Burnett, les livres de Beatrix Potter, *Mary Poppins* de P. L. Travers, *Les 101 Dalmatiens* de Dodie Smith, *Fifi Brindacier* d'Astrid Lindgren, *Les Enfants du rail* d'E. Nesbit, *Les Chapardeurs* de Mary Norton et bien d'autres encore. Tous ces livres sont désormais devenus des classiques, j'entends par là qu'au moins la moitié des enfants âgés de six à dix ans les ont lus ou les liront aux États-Unis, en Grande-Bretagne, en Europe ou au Japon. Cela représente des millions de lecteurs. J'irai même jusqu'à dire que ce nombre dépasse de plusieurs millions celui des adultes, aujourd'hui vivants, qui ont pu lire, disons, un bon roman de Graham Greene ou de Nabokov.

L'auteur d'un livre pour enfants devenu un classique peut aller dans n'importe quelle école ou n'importe quelle famille de l'un ou l'autre des pays que je viens de mentionner en étant sûr d'y être connu et bien accueilli. Et je dis bien *n'importe quelle* famille, pas seulement les familles bourgeoises qui sont celles où on lit le plus de bons romans. Les milieux littéraires bien établis de Londres, New York ou Paris ne se rendent pas compte du pouvoir que peut représenter un livre pour la jeunesse lorsque les enfants l'aiment vraiment. Ou s'ils s'en rendent compte, ils ne veulent pas l'admettre. Génération après génération, les enfants continuent de lire et de relire les livres pour la jeunesse devenus des classiques et les enseignants les conservent toujours dans leurs classes.

Je me suis éloigné des histoires de fantômes et j'espère qu'on voudra bien m'en excuser mais il y a longtemps que je voulais dire mon mot au sujet des livres pour enfants, particulièrement en rendant hommage au rôle que les femmes écrivains ont joué dans la création des classiques du genre.

Mais revenons-en à Eddie Knopf et à la série télévisée consacrée aux fantômes. La série tout entière avait été baptisée : « L'Heure des fantômes ». Les vingt-quatre histoires que j'avais sélectionnées furent envoyées en Californie et lues avec un immense enthousiasme. Il semblait bien – c'est du moins ce que pensaient les grosses légumes de Hollywood – que nous tenions là un succès. Il ne nous restait plus qu'à faire les films. Nous ne pouvions nous tromper. Les grands manitous étaient convaincus qu'une série d'histoires de fantômes bien terrifiantes, diffusée de la côte Est à la côte Ouest pendant les soirées d'hiver, lorsqu'il règne au-dehors une nuit d'un noir d'encre, plongerait tout le pays dans l'effroi. Après chaque film, plus personne n'oserait aller se coucher et éteindre la lumière. Les vieilles dames seules seraient trouvées mortes de peur le lendemain matin. Les robustes Texans trembleraient dans leurs bottes de cuir et videraient le barillet de leurs six-coups sur l'écran de la télévision pour le faire taire à jamais. Les enfants qui regarderaient les émissions auraient peur du noir pour le reste de leur vie. Les psychiatres doubleraient leur chiffre d'affaires. L'Église protesterait. Mais tout le monde regarderait la série chaque semaine. C'était là une perspective tout à fait grisante.

La première étape consisterait à réaliser le film pilote. Dans n'importe quelle série, le pilote est très important. Il faut qu'il soit bon, car c'est ce film-là qui est montré aux directeurs de la chaîne, aux agences de publicité et aux annonceurs eux-mêmes ; après l'avoir vu, ils lèvent ou baissent le pouce selon qu'ils jugent bon d'investir ou non les millions nécessaires à la réalisation de la série tout entière. Le pilote révèle le ton général de la série, sa qualité, et donne une idée assez précise de ce que seront les épisodes suivants.

Il était donc essentiel de choisir pour le pilote une bonne et solide histoire. Parmi les vingt-quatre que je leur avais envoyées, les hommes de Californie sélectionnèrent *La Pendaison d'Alfred Wadham,* de E. F. Benson. *C'était* une bonne histoire et elle se prêtait admirablement bien à une adaptation.

J'écrivis le scénario. Le film fut tourné aux studios Elstree avec un réalisateur et des comédiens de tout premier plan, bien que j'aie oublié leurs noms. Emlyn Williams en fit une remarquable présentation et le thème musical choisi pour accompagner le générique était excellent. Une fois le travail achevé, notre superbe film pilote (il était *vraiment* remarquable) fut envoyé en Amérique pour y être montré aux grands patrons qui prennent les décisions définitives.

Ce fut un désastre. Le film en lui-même était très bien, mais nous avions commis une terrible erreur. Nous avions choisi l'histoire qu'aucune chaîne de télévision américaine n'aurait jamais osé montrer. Il y était question de la religion catholique et l'intrigue était fondée sur le fait qu'un prêtre ne doit jamais, quelles que soient les circonstances, révéler à quiconque ce qu'il a appris lors d'une confession. Alfred Wadham, le personnage principal, a été condamné pour meurtre et on se prépare à le pendre. Il proteste de son innocence, mais personne ne veut le croire. Cependant, la veille du jour où la pendaison doit avoir lieu, un autre homme va voir le prêtre et confesse que c'est lui qui a commis le crime dont on a accusé le malheureux Alfred Wadham. Le prêtre le supplie alors de passer des aveux complets mais l'homme refuse. Il rappelle également à l'ecclésiastique, en insistant bien sur ce point, qu'il ne peut pas violer le secret de la confession. Tenu par les vœux qu'il a prononcés, le prêtre est donc dans l'impossibilité de sauver l'innocent de la pendaison. Et après que l'exécution a eu lieu, le fantôme d'Alfred Wadham inflige d'horribles tourments au misérable prêtre.

Comme vous le voyez, c'était une bonne histoire. Mais la diffusion d'un tel film à la télévision aurait à coup sûr enflammé le cœur de millions de catholiques d'un bout à l'autre des États-Unis. Les responsables des agences de publicité et les directeurs de télévision qui assistèrent à la projection du film frisèrent l'apoplexie et le rejetèrent aussitôt en refusant désormais d'entendre parler de notre merveilleuse série d'histoires de fantômes. Je ne me suis pas encore tout à fait remis du choc provoqué par ce refus et c'est sans doute pourquoi je n'ai pas inclus *Alfred Wadham* dans ce recueil.

Finalement, je me retrouvai donc sans rien, à part une connaissance très complète de toutes les histoires de fantômes du monde. J'ai conservé mes notes, consignées dans trois gros cahiers pleins et aujourd'hui, quelque vingt-cinq ans plus tard, l'idée me semble bonne de rassembler les meilleurs textes en un volume.

Les bonnes histoires de fantômes, tout comme les bons livres pour enfants, sont terriblement difficiles à écrire. J'écris moi-même des nouvelles, et je le fais depuis quarante-cinq ans, mais bien que j'aie toujours eu envie d'écrire ne serait-ce qu'une seule bonne histoire de fantômes, je n'ai jamais pu y arriver. Pourtant, Dieu sait que j'ai essayé. Un jour, j'ai cru que j'avais réussi. C'était une histoire qui s'appelle maintenant *La Logeuse*. Mais quand elle fut terminée et que je la relus attentivement, je me rendis compte qu'elle n'était pas assez bonne. J'avais raté mon coup. Je n'avais simplement pas réussi à percer le secret. Et finalement, j'en changeai la fin pour la transformer en une histoire qui n'était pas de fantômes.

Les meilleures histoires de fantômes ne comportent pas de fantômes. Ou au moins, on ne les voit pas. On voit seulement les conséquences de leurs actions. Parfois, on peut les *sentir* qui passent tout près de vous à vous frôler, ou l'auteur vous fait prendre conscience de leur présence par des moyens détournés. Par exemple, la température qui règne dans une pièce chute toujours de manière spectaculaire lorsqu'un fantôme se trouve dans les parages. Ce fait a été scientifiquement prouvé par Harry Price dans son très intéressant ouvrage intitulé *Les Maisons les plus hantées d'Angleterre*. Et si, dans une histoire, un fantôme se montre vraiment, il n'en a pas l'apparence. Il se présente plutôt sous l'aspect d'une personne ordinaire.

À mes yeux, l'une des histoires les plus marquantes, parmi toutes celles qui sont rassemblées dans ce livre, a été écrite par un Norvégien, Jonas Lie. C'est véritablement un conte merveilleux et cruel, bien qu'il ait gravement souffert de sa traduction du norvégien en anglais. Jonas Lie, qui est mort en 1908, est un héros national en Norvège mais il est très peu connu hors de son pays. Il se trouve que j'ai dans mon salon un très beau portrait de lui peint par Heyerdal. Il porte un chapeau noir à larges bords et une cape noire également et, quel que soit l'endroit où je suis assis, il m'observe avec gravité à travers des lunettes cerclées de fer en me fixant d'un regard de glace. Il ressemble plus que tout à un entrepreneur de pompes funèbres qui sait qu'au bout du compte, il finira par vous avoir. Mais c'est un écrivain exceptionnel et je suis certain que vous serez troublé par son histoire intitulée *Elias et le Draug.* J'espère d'ailleurs que vous serez également troublé par toutes les autres histoires de ce recueil. Elles ont justement été écrites dans ce but.

Je crois bon de préciser que depuis 1958, lorsque j'ai commencé à entreprendre mes recherches en matière d'histoires de fantômes, j'ai continué à en lire beaucoup d'autres, autant qu'il pouvait m'en tomber sous la main. Une ou deux m'ont peut-être échappé, mais aucune de celles que j'ai vu publier depuis lors n'approche si peu que ce soit la qualité des textes réunis dans ce volume.

Roald DAHL

[illegible]

[illegible] toutes les autres [illegible]. Elles [illegible]

[illegible]

[illegible]

A. M. Burrage
(ex-soldat X)

# Le Balayeur

Aux yeux de Tessa Winyard, le trait de caractère le plus étrange de Miss Ludgate était sans nul doute la grande bienveillance qu'elle manifestait à l'égard des mendiants. C'était d'ailleurs plus que singulier, chez cette femme dont la nature imprévisible présentait autant de hauts et de bas qu'une chaîne de montagnes ; car à la vérité, il y avait en elle une certaine tendance à l'avarice ; on en remarquait parfois la trace d'une manière fugitive, comme sur un bloc de marbre une veine à peine perceptible. Certains jours, elle payait sans le moindre murmure les factures qu'on lui présentait pour l'entretien de sa maison ; d'autres fois, on la sentait bouillir de rage, contestant la plus maigre dépense, suggérant de petites économies parfaitement absurdes qu'elle aurait été la première à désapprouver si d'aventure Mrs. Finch, sa gouvernante, s'était mêlée de la prendre au mot. Elle était suffisamment riche pour se montrer indifférente aux questions d'argent, et suffisamment vieille pour être capricieuse.

Miss Ludgate ne contribuait que très rarement aux œuvres de charité et les bons samaritains qui se présentaient souvent chez elle avec des listes de souscription et quelques discours exaltant telle ou telle bonne cause repartaient les poches vides. Les raisons qu'elle invoquait pour ne pas délier les cordons de sa bourse étaient toujours claires et argumentées. C'était à l'État de subventionner les hôpitaux, disait-elle ; quant aux programmes d'aide aux nécessiteux, ils détruisaient, selon elle, leur sens de l'économie ; et il y avait suffisamment de païens à convertir dans le pays même pour qu'il soit superflu d'envoyer des missionnaires à l'étranger. Pourtant, lors de ses accès de charité, elle manifestait parfois une générosité débordante envers de simples particuliers : sa complaisance, notamment, à l'égard des vagabonds était proverbiale dans leur confrérie. Ses voisins ne lui en étaient guère reconnaissants, cependant, et lui reprochaient d'attirer dans le quartier tous les individus douteux qui passaient à la ronde.

Lorsque Tessa Winyard avait accepté de passer un

mois à l'essai comme dame de compagnie auprès de Miss Ludgate, elle savait pertinemment que la vieille dame serait difficile à vivre et elle ignorait si elle pourrait conserver cette place ; elle n'était même pas sûre, d'ailleurs, de vouloir la conserver. L'arrangement ne se fit pas au vu d'une petite annonce, mais par le truchement d'une nièce de Miss Ludgate ; Tessa connaissait cette jeune femme, qui l'avait recommandée auprès de sa parente non sans l'avoir avertie au préalable des caprices de la vieille dame et de la meilleure manière d'y faire face. Tessa était donc bien renseignée en arrivant dans la maison et ne s'y sentait pas tout à fait une étrangère.

Dès qu'elle y entra pour la première fois, Tessa tomba sous le charme de la maison. Elle avait un amour profond pour les vieilles demeures de campagne et le domaine de Billingdon Abbots, bien qu'il ne restât rien de l'ancien prieuré qui lui avait donné son nom, était suffisamment vieux pour mériter d'être vénéré. La résidence datait de l'époque de Jacques Ier, mais l'un de ses propriétaires du XVIIIe siècle, un adepte du culte que l'on vouait alors à l'architecture italienne, avait fait recouvrir la façade de stuc et ajouter une colonnade. C'était sans doute le même propriétaire qui avait fait bâtir, au bout d'une allée bordée de noisetiers, une maison d'été imitée d'un temple grec. On lui devait également les fausses ruines – auxquelles le temps avait, depuis cette époque, conféré une touche d'authenticité – dont s'ornait, à l'arrière de la maison, la rive d'un étang envahi de roseaux. Selon toute vraisemblance, pensa Tessa qui connaissait bien cette période, ce même gentilhomme romantique avait dû s'assurer les services d'un faux ermite qui venait sans doute méditer, les soirs de pleine lune, à l'ombre de ces ruines d'opérette.

Les jardins qui entouraient la résidence étaient boisés, donnant à la maison elle-même un air de mélancolie et cette atmosphère humide et sombre, inévitable en de tels lieux. Çà et là, dans les endroits les plus inattendus, on trouvait des dieux de pierre, la plupart cassés et en grand besoin d'être vigoureusement décapés. Tessa découvrit par hasard ces fantômes statufiés, en sursautant chaque fois qu'elle avait la surprise d'en rencontrer un. Au détour d'une allée obscure, elle tomba ainsi sur un Hermès sans nez ; puis sur une Déméter amputée d'une main, et qui se tenait à moitié cachée sous des lauriers, veillant jalousement sur sa fille Perséphone ; un faune dansant, figé dans une cabriole, restait en équilibre sur un pied, près de la porte d'un jardin potager entouré de murs ; et à côté d'un petit bassin de pierre, un satyre sur son piédestal lorgnait la surface de l'eau comme s'il se fût attendu à en voir surgir une naïade.

Au début, l'intérieur de la maison parut quelque peu impressionnant aux yeux de Tessa. Elle aimait les

belles choses mais elle éprouvait un sentiment de malaise devant les meubles et les tableaux qui lui semblaient d'une beauté froide, et comme conscients de leur valeur. Tout était parfaitement brillant, sans la moindre tache, sans le moindre grain de poussière, et les salons avaient un air de résidence officielle qu'on aurait ouverte au public.

Le hall était carré et entouré de galeries et lorsqu'on levait le regard, on pouvait voir les balustrades inclinées d'un escalier à trois étages. Deux armures faisaient face à une troisième de part et d'autre du parquet et trois ou quatre tableaux étaient accrochés aux murs, des portraits signés Lely et Kneller, deux peintres de cour qui avaient jadis été à la mode mais dont les œuvres avaient perdu la faveur des collectionneurs modernes. La salle à manger était longue, rectangulaire et austère, meublée seulement d'une table et de chaises de l'époque de Cromwell ainsi que d'un grand buffet sur lequel étincelaient deux candélabres d'argent. Deux grands portraits du XVIIe siècle, que l'on devait à des peintres inconnus de l'école hollandaise, constituaient les seuls ornements dont s'agrémentaient les murs lambrissés ; quant aux rideaux des fenêtres, leur couleur marron s'harmonisait avec le tapis que la longue table recouvrait presque entièrement.

Le salon paraissait moins monacal, mais tout aussi sévère et digne ; c'était là que Tessa et Miss Ludgate se retrouvaient la plupart du temps. Le boudoir était plus hospitalier : des photographies de gens encore vivants, des corbeilles à ouvrage, des fauteuils accueillants et une atmosphère confortable et féminine lui donnaient un aspect plus humain ; Miss Ludgate, cependant, préférait le plus souvent s'asseoir dignement dans son grand salon auprès du « Portrait de Miss Olivia Ludgate », par Gainsborough, des meubles de style Chippendale et de la vitrine contenant d'inestimables porcelaines de Chine. C'était comme si elle avait conscience de n'être plus que la gardienne de ces trésors sur lesquels elle voulait veiller avec d'autant plus d'attention que ce gardiennage touchait à sa fin.

Elle devait avoir bien plus de quatre-vingts ans, selon Tessa ; elle était toute petite, desséchée et fragile avec cette finesse presque de porcelaine, caractéristique de certaines vieilles dames. En hiver comme en été, elle portait, à l'intérieur de la maison, un châle de laine blanche, épaisse ou fine selon la saison, et qui était assorti, par la couleur, mais aussi, d'une certaine manière, par la texture, à ses cheveux soyeux et encore abondants. Son visage et ses mains étaient devenus d'un jaune brun sous le vernis du grand âge ; ses mains, sillonnées de veines bleues, paraissaient légères et si délicates que la moindre bague semblait peser d'un poids trop lourd à son doigt. Elle avait les yeux bleus, encore perçants, et sa bouche, autrefois fort belle, était relevée aux coins par un pli de la lèvre supérieure qui lui donnait un air sardonique lorsqu'elle restait immobile. Sa voix n'était pas plus aiguë que dans sa jeunesse et elle parlait toujours lentement, avec une précision très naturelle, comme quelqu'un qui sait qu'on doit d'abord se faire comprendre pour être obéi ; et qui prend soin, en conséquence, d'être toujours compris.

Tessa passa sa première semaine avec Miss Ludgate sans savoir si elle aimait ou non la vieille dame ou si elle en avait peur ou pas. Elle n'en savait pas davantage quant aux sentiments que Miss Ludgate elle-même lui portait. Leurs relations étaient semblables à celles qui auraient pu s'instaurer entre elles si Tessa eût été une enfant et Miss Ludgate une nouvelle gouvernante soupçonnée de sévérité. Tessa adoptait la meilleure conduite possible, faisant ce qu'on lui disait de faire et tournant sept fois sa langue dans sa bouche avant de parler ; toutes choses que les enfants devraient faire et qu'ils ne font généralement pas. Parfois, il arrivait à Tessa de s'étonner que Miss Ludgate n'eût pas cherché à engager quelqu'un de plus âgé pour lui tenir compagnie ; les rapports froids et formels qui s'étaient établis entre elles la première semaine la rendaient perplexe : quel vide était-elle censée remplir dans cette maison et que donnait-elle vraiment en échange de son salaire et de son logement ?

À la vérité, Miss Ludgate souhaitait simplement voir quelqu'un de jeune auprès d'elle, même si elle ne pouvait partager avec sa dame de compagnie que leur appartenance commune au même sexe et à l'espèce humaine en général. Les domestiques étaient tous de vieux serviteurs qui lui étaient restés fidèles sur la foi de rumeurs d'héritage. Elle n'avait que fort peu de parents, tous entièrement absorbés dans leurs affaires. La maison et l'essentiel du patrimoine dont elle tirait ses revenus étaient administrés par fidéicommis pour le compte d'un héritier couché sur ce même testament qui lui avait donné le bénéfice à vie de la succession. Elle échappait ainsi aux attentions trop voyantes de quelque neveu ou nièce en quête de fortune, mais elle restait également solitaire et dépourvue de toute présence juvénile à ses côtés.

Il se trouvait que Tessa jouait honorablement du piano et que son goût en matière de musique portait la marque d'une bonne éducation. Il en était de même pour Miss Ludgate qui avait été une interprète d'égal talent jusqu'à ce que ses doigts rebelles se fussent raidis sous l'effet de rhumatismes. Ainsi, le lourd et grand piano, régulièrement et scrupuleusement accordé, ne restait-il plus silencieux ; et Miss Ludgate retrouvait de ce fait un plaisir depuis longtemps disparu. Il faut ajouter que Tessa n'avait que vingt-deux ans et aucune prétention à la beauté académique mais qu'elle ne manquait pas d'attraits physiques fort bien mis en valeur par une parfaite santé et la fraîcheur de sa jeunesse. Elle était particulièrement à son avantage dans la lumière des chandelles, lorsque ses mains déliées – qui auraient plu à un artiste – voletaient comme des papillons blancs au-dessus des touches du piano.

Au bout d'une semaine passée dans la maison de Miss Ludgate, la vieille dame pour la première fois s'adressa à elle en l'appelant « Tessa ».

« J'espère que vous avez l'intention de rester avec moi, ma chère, ajouta-t-elle. Ce ne sera pas très amusant pour vous et je crains que vous me trouviez ennuyeuse, mais je ne prendrai pas tout votre temps, et je pense que vous pourrez vous trouver des amis et des distractions. »

Aussi Tessa resta-t-elle, et au-delà du mois d'essai. C'était une jeune fille au cœur tendre qui donnait volontiers son amitié, mais toujours sincèrement. Elle essayait d'aimer tous ceux qui l'aimaient et y parvenait généralement. Il serait difficile d'analyser exactement la nature de l'amitié qui s'était nouée entre les deux femmes, mais cette amitié existait sans nul doute et, parfois, elles arrivaient à se tendre la main par-delà la barrière qui sépare la jeunesse du grand âge. Miss Ludgate inspirait à Tessa une étrange tendresse. En dépit de toute sa richesse et de son comportement dominateur, c'était un personnage pathétique et solitaire. Elle faisait penser à une malheureuse actrice qui aurait joué le rôle d'une reine, arborant une couronne de joyaux factices, lançant des ordres que ses partenaires auraient exécuté comme des automates, tandis que l'attendraient, dès le baisser de rideau, les réalités de la vraie vie – les rues humides, les maigres repas et un logis glacial et inconfortable.

Tessa se sentait remplie de pitié en pensant que tout près d'elle vivait un être humain qui s'accrochait à la vie et qui pourtant, de par les lois de la nature, devrait bientôt lâcher prise. Tessa songeait : « Dans cinquante ans, j'aurai soixante-douze ans, et il n'y a aucune raison pour que je ne vive pas jusque-là. » En même temps, elle se demandait avec tristesse ce qu'on pouvait bien ressentir lorsqu'on n'était même plus capable d'envisager l'avenir à un mois de distance et que chaque soir apparaissait comme le seuil d'un lendemain précaire.

Tessa aurait trouvé sa nouvelle existence tout à fait ennuyeuse, si elle n'avait représenté un changement complet dans son cadre de vie. Elle avait été élevée dans un presbytère de campagne, au sein d'une famille de sept frères et sœurs qui avaient porté les vêtements les uns des autres, usé les tapis jusqu'à la corde à force de marcher dessus, malmené des meubles bon marché, brisé tout ce qui était fragile – sauf le cœur de leurs parents – et qui avaient fini par se retrouver tant bien que mal à l'âge de l'adolescence. Par comparaison, l'inhabituelle « grandeur » qui caractérisait la vie auprès de Miss Ludgate donnait quelque agrément à la monotonie.

Voici ce que Tessa écrivait à sa « Maman Chérie » :

« J'imagine que lorsque je rentrerai chez nous, notre chère vieille maison me paraîtra ridiculement petite. Au début, je pensais que cette demeure était gigantesque et chaque pièce aussi vaste qu'une chambrée de caserne – bien que je n'aie jamais mis les pieds dans une caserne ! Mais maintenant, j'y suis habituée et ce n'est finalement pas si énorme que je le croyais. Comparé à notre maison, c'est immense, bien sûr, mais pas autant que la résidence de Lord Brandbourne, ou même celle du colonel Exted.

« En fait, l'endroit est vieillot et charmant ; on dirait une de ces maisons avec des panneaux coulissants qui cachent des passages secrets, comme dans ces romans à énigme où l'héroïne est une gouvernante que le jeune baronnet finit par épouser. Mais je n'ai entendu parler d'aucune énigme à résoudre, ici, même si j'aime bien faire semblant qu'il y en ait une, et en admettant que je sois gouvernante, on ne trouverait pas le moindre jeune baronnet dans un rayon de plusieurs kilomètres. Au moins devrait-il exister le traditionnel fantôme, mais on ne m'a rien dit à ce sujet et il y a probablement un manque de ce côté-là également ! Je ne veux pas poser la question à Miss Ludgate, car bien qu'elle soit adorable, il y a des choses que je ne peux pas lui demander. Elle pourrait croire aux fantômes et dans ce cas, en parler l'effraierait peut-être. Et si elle n'y croit pas, elle serait sans doute furieuse que je l'entretienne de balivernes. Naturellement, je sais bien que ce sont des balivernes ; pourtant, ce serait tellement plaisant de savoir que nous sommes hantés par quelque Dame Grise, disons, de l'époque de la Reine Anne. Mais les seuls êtres qui nous hantent, à vrai dire, ce sont les vagabonds. »

Sa lettre décrivait ensuite les nombreuses visites quotidiennes de ces nomades de la campagne anglaise, qui volent et mendient en allant d'hospice en hospice ; ces êtres bizarres, illogiques et bons à rien qui préfèrent les plus grandes misères et les pires épreuves au confort que leur apporterait par comparaison un honnête travail. Il passait chaque jour en moyenne trois ou quatre de ces solliciteurs et il n'y en avait pas un seul qui repartît sans rien. Mrs. Finch avait des ordres très stricts à cet égard et elle les exécutait avec le visage impassible du serviteur parfaitement discipliné. Et lorsque les restes de nourriture faisaient défaut, on recevait à la place – avec beaucoup plus de satisfaction – quelque argent qui pouvait se transformer en boissons fortes à la plus proche auberge.

Tessa rencontrait sans cesse de ces vagabonds dans les allées qui menaient au domaine. Hommes ou femmes, ils différaient les uns des autres de cent manières : certains essayaient encore de se cramponner à d'ultimes lambeaux de dignité, d'autres étaient simplement obscènes, le regard mauvais, l'air sournois, des criminels en puissance qui n'avaient même pas le courage de tenter plus que de menus larcins. Leurs visages, pour la plupart, exprimaient soit la malfaisance, soit une quasi-débilité dont on remarquait les signes dans leurs yeux globuleux et leurs bouches molles et lascives ; mais tous avaient en commun leur malpropreté et l'insolence de leur conduite.

Tessa s'habitua à subir leurs regards arrogants et pleins de défi, leurs signes de tête désinvoltes, leurs sourires impudents. De différentes façons, ils lui faisaient savoir qu'elle n'était personne et que si elle haïssait de les voir, c'était tant mieux. Ils savaient qu'elle n'était qu'une employée subalterne, susceptible d'être renvoyée du jour au lendemain, alors qu'eux-mêmes, pour quelque obscure raison, étaient toujours les bienvenus. Tessa s'indignait de leur présence et de leur insolence muette, et enrageait en secret que Miss Ludgate les encourageât ainsi. C'étaient les rats d'égout de la société, des êtres répugnants et parasitaires qui portaient leurs maladies de village en village, de ville en ville.

La jeune fille savait les combats que doivent mener les pauvres gens. Son éducation dans un presbytère de campagne l'avait mise au contact des ouvriers des fermes et des chantiers, elle connaissait la tragique pauvreté de leurs foyers, leur volonté d'indépendance et leurs luttes courageuses pour assurer leur existence. Sur les terres mêmes de Miss Ludgate, vivait plus d'une famille dont la seule nourriture se composait de pain et de pommes de terre, et encore en quantité limitée. La vieille dame, cependant, n'éprouvait aucune compassion à leur égard, mais se montrait d'une largesse sans borne envers ceux qui ne le méritaient pas. On trouvait toujours, dans les fossés qui bordaient le parc, une ou deux miches de pain jetées là par quelque vagabond qui s'était délecté de mets plus délicats après s'être présenté à la porte de service de la maison.

Tessa n'avait pas à s'entretenir de ce sujet avec Miss Ludgate. En fait, elle savait très bien que – selon l'expression en usage à l'office –, c'était un « coup à perdre sa place ». Mais elle s'en ouvrit à Mrs. Finch qui avait pour mission de fournir nourriture et boisson aux mendiants ou, à défaut, quelque argent.

Sa vie dans la maison de Miss Ludgate avait rendu Mrs. Finch taciturne, mais il était resté en elle une certaine chaleur. Sa première réponse à Tessa à propos des vagabonds fut laconique :

« Ce sont les ordres », dit-elle.

Puis, après un instant de silence, elle ajouta :

« La patronne a de bonnes raisons pour agir ainsi. Ou tout au moins, elle croit qu'elle en a. »

L'été tirait à sa fin lorsque Tessa s'était installée au domaine de Billingdon Abbots et la lavande qui, la première, annonce l'approche de l'automne, commençait déjà à fleurir dans les jardins. Septembre arriva et des taches ocre apparurent dans les feuillages en signe d'avertissement. Les bogues hérissées d'épines des châtaigniers s'ouvrirent, laissant échapper leurs marrons étincelants : et le soir, les étangs et la rivière à truites exhalaient des brumes pâles qui se répandaient à la surface des terres. Il y avait comme un coup de fraîcheur dans l'air.

En regardant par sa fenêtre chaque matin, Tessa voyait les arbres subir l'inexorable avancée de la saison. Jour après jour, les teintes vertes faiblissaient tandis que le jaune s'étendait. Le jaune ensuite laissa la place au doré, puis au brun, puis au rouge. Seuls les houx et les lauriers tenaient bon contre cette vague montante.

Un soir vint où Miss Ludgate apparut pour la première fois dans son châle d'hiver. Elle semblait déprimée et ne dit pas grand-chose pendant le dîner, ni plus tard dans le salon ; elle avait sorti un jeu de patience et disposé les cartes devant elle, s'apprêtant à jouer, lorsqu'elle appuya soudain ses coudes sur la table et se prit la tête dans les mains.

« Quelque chose qui ne va pas, Miss Ludgate ? » demanda Tessa avec inquiétude.

Elle écarta les mains et montra son visage ridé. Son regard pitoyable semblait hanté par la peur et l'on aurait dit qu'il était rempli d'ombres.

« Je suis comme d'habitude, ma chère, répondit-elle. Il faut me supporter, voilà tout. C'est la mauvaise période de l'année qui commence pour moi. Si je parviens à survivre jusqu'à la fin du mois de novembre, j'aurai encore une année de sursis. Mais je ne sais pas encore... Je ne sais pas...

— Vous ne mourrez certainement pas cette année, assura Tessa du ton vigoureusement optimiste qu'elle avait souvent employé pour calmer des enfants effrayés.

— Si je ne meurs pas cet automne, alors ce sera l'automne prochain, ou un autre automne, répliqua Miss Ludgate d'une voix chevrotante ; de toute façon, c'est en automne que je mourrai. Je le sais. Je le sais.

— Vous le savez ? Comment cela ? demanda Tessa avec juste ce qu'il fallait d'aimable incrédulité.

— Je le sais. Qu'importe comment je le sais ?... Est-ce que beaucoup de feuilles sont déjà tombées ?

— Presque pas, jusqu'à présent, répondit Tessa, il n'y a pas eu de vent.

— Elles tomberont un peu plus tard, affirma Miss Ludgate, très bientôt, maintenant. »

Sa voix s'évanouit, mais un instant plus tard, elle se reprit, ramassa ses cartes et commença à jouer.

Deux jours plus tard, une pluie battante tomba toute la matinée et une partie de l'après-midi. Alors que la lumière du jour commençait à décliner, le vent se leva et une nuée de feuilles mortes, tournoyant et virevoltant au gré des rafales, tomba sur le sol en traversant les traits obliques de la pluie. Jusqu'à ce qu'on allume les lumières et que les volets soient fermés, Miss Ludgate contempla la chute des feuilles d'un regard morne qui semblait exprimer la souffrance du désespoir.

Pendant le dîner, le vent s'apaisa et la pluie cessa. Après le dîner, Tessa jeta un coup d'œil au-dehors, à travers les fentes des volets, et aperçut les silhouettes immobiles des arbres se découpant contre le ciel dans lequel une poignée d'étoiles brillait faiblement. Finalement, la nuit serait belle.

Cette fois encore, Miss Ludgate sortit son jeu de patience et Tessa prit un livre en attendant qu'on lui demande d'aller jouer du piano. Le silence régnait dans la pièce, ponctué de temps à autre par le claquement sec des cartes que Miss Ludgate étalait sur la table et le bruissement du papier, lorsque Tessa tournait les pages de son livre.

Tessa n'aurait pas su dire à quel moment précis elle avait entendu pour la première fois les bruits qui provenaient du jardin. Il lui sembla qu'elle en avait peu

à peu pris conscience ; quand, enfin, ils s'étaient imposés à elle au point de l'intriguer, il lui aurait été impossible de dire depuis combien de temps ils s'étaient manifestés.

Tessa ferma son livre en gardant le doigt à la page qu'elle était en train de lire et écouta. C'étaient des crissements secs, traînants et répétés sur un rythme régulier. Après chacun d'eux, il y avait une pause, toujours d'égale longueur. On avait l'impression d'entendre une femme brosser négligemment ses longs cheveux. De quoi s'agissait-il ? Une surface inégale grattée par un objet souple et craquant ? Tessa comprit alors ce qui se passait. Quelqu'un était en train de balayer les feuilles mortes dans l'allée qui longeait la façade arrière de la maison. Mais c'était une drôle d'heure pour balayer les feuilles !

Elle continua d'écouter. À présent qu'elle avait identifié ces bruits, il n'y avait plus à s'y tromper. Elle aurait d'ailleurs tout de suite deviné de quoi il s'agissait si, dans son subconscient, elle n'avait tout d'abord écarté l'idée qu'à cette heure de la soirée, il se fût trouvé un jardinier suffisamment zélé pour accomplir cette tâche. Elle leva le regard avec l'intention de dire quelque chose à Miss Ludgate, mais elle n'en fit rien.

Miss Ludgate était assise et écoutait attentivement, le visage à moitié tourné vers les fenêtres, la tête légèrement levée, les yeux révulsés. Son attitude rigide témoignait d'une tension intérieure quelque peu inquiétante chez une personne de son âge. Tessa ne se contentait plus d'écouter, elle observait également.

La pièce était anormalement silencieuse. Tessa surprit un mouvement : Miss Ludgate venait de tourner la tête vers elle ; son visage était livide et son regard semblait tourmenté par quelque malheur inexorable. Puis, en un éclair, son expression changea. Tessa se rendit compte que Miss Ludgate l'avait surprise à écouter les bruits qui venaient de l'allée, et pour une raison quelconque, la vieille dame paraissait contrariée qu'elle les eût entendus. Mais pourquoi ? Et pourquoi ce malheureux visage, pâle et vieilli, avait-il exprimé cette terreur ?

« Et si vous jouiez quelque chose, Tessa ? »

Malgré l'interrogation, la demande était en fait un ordre pur et simple et Tessa le savait. Il fallait qu'elle étouffe le bruit du balayage des feuilles : pour quelque raison mystérieuse, en effet, la vieille dame ne voulait pas que Tessa les entendît. La jeune femme prit donc soin de jouer des morceaux qui permettaient de faire abondamment usage de la pédale forte.

Au bout d'une demi-heure, Miss Ludgate se leva, resserra son châle autour de ses épaules et clopina vers la porte en s'arrêtant au passage pour dire bonsoir à Tessa.

Tessa s'attarda dans la pièce et se rassit devant le

piano. Une ou deux minutes s'écoulèrent avant qu'elle ne se remette à pianoter doucement, l'esprit ailleurs. Pourquoi donc Miss Ludgate ne voulait-elle pas qu'elle entende le bruit du balai dans l'allée ? Le bruit avait cessé à présent, sinon elle serait allée jeter un coup d'œil au-dehors pour voir qui travaillait à cette heure. Miss Ludgate éprouvait-elle quelque bizarre répugnance à voir des feuilles mortes joncher le sol et se sentait-elle gênée d'obliger un jardinier à les balayer si tard le soir ? Cela ne ressemblait pas à Miss Ludgate, cependant, de prêter attention à ce que les autres pouvaient penser d'elle ; d'autre part, elle se levait tard le matin et le jardinier aurait eu tout le temps de balayer les feuilles avant que la maîtresse de maison ne puisse poser les yeux dessus. Et d'ailleurs, pourquoi Miss Ludgate avait-elle paru si terrifiée ? Y avait-il là un rapport avec son étrange conviction qu'elle mourrait en automne ?

En allant se coucher, Tessa esquissa un sourire qu'elle s'adressait à elle-même pour avoir essayé d'explorer les recoins secrets d'un esprit quelque peu tordu, celui d'une dame âgée de plus de quatre-vingts ans. Elle avait simplement découvert un autre aspect singulier du caractère de Miss Ludgate et il ne fallait pas chercher à expliquer ce qui semblait inexplicable.

La nuit était toujours calme et promettait de le rester.

« Il ne tombera pas beaucoup de feuilles, ce soir », pensa Tessa en se déshabillant.

Mais le lendemain, lorsqu'elle sortit se promener dans le jardin, avant le petit déjeuner, la longue allée qui contournait l'arrière de la maison était toujours recouverte d'un épais tapis de feuilles mortes et Toy, le second jardinier, s'activait à les ramasser à l'aide d'une brouette et d'un de ces balais de bouleau qui, dans l'imaginaire du Moyen Âge, servaient de destriers aux sorcières.

« Bonjour ! s'exclama Tessa, il a dû tomber beaucoup de feuilles, la nuit dernière ! »

Toy cessa de balayer et hocha la tête.

« Oh ! non, mademoiselle, toutes celles-là, c'est bien plus tôt qu'elles sont tombées quand il y a eu le vent.

— Mais elles ont sûrement été balayées, j'ai entendu quelqu'un qui travaillait là après neuf heures. Ce n'était pas vous ? »

L'homme eut un sourire.

« Pas de danger qu'on nous prenne à travailler après neuf heures, mademoiselle ! dit-il. Ces feuilles-là, personne n'y a touché jusqu'à maintenant. Et c'est pas bien plaisant comme travail ; à peine on les a ramassées qu'il y en a d'autres qui attendent de tomber. À cette époque de l'année, on serait pas assez de cent pour garder le parc à peu près propre. »

Tessa ne répondit rien et rentra dans la maison,

l'air songeur. Le balayage se poursuivit par intermittence pendant toute la journée, car d'autres feuilles tombaient ; bientôt le jardinier en fit brûler un grand tas dans la décharge, près du jardin potager, et l'odeur du feu se répandit jusqu'à la maison.

Ce soir-là, Miss Ludgate fit allumer un feu dans la cheminée du boudoir et annonça à Tessa qu'elles resteraient dans cette pièce avant et après le dîner. Mais la cheminée fumait et après avoir abondamment toussé, maugréé et reproché à Mrs. Finch la lenteur et l'inefficacité des ramoneurs, Miss Ludgate alla se coucher de bonne heure.

Il était encore trop tôt cependant pour que Tessa en fît autant. Laissée seule, elle se rappela qu'elle avait posé sur la table du salon un livre qu'elle avait l'intention de lire auprès du feu de la salle à manger. Or, à peine avait-elle fait deux pas à l'intérieur du salon, qu'elle s'immobilisa soudain et écouta. Ses oreilles ne pouvaient la tromper : malgré ce que Toy lui avait dit, et bien qu'il fût neuf heures et demie, quelqu'un dehors était en train de balayer l'allée.

Elle s'approcha de la fenêtre sur la pointe des pieds et jeta un coup d'œil à l'extérieur par une fente des volets. Un magnifique clair de lune baignait le jardin d'une lumière argentée, mais elle ne put rien voir. Maintenant qu'elle était près de la croisée, cependant, elle parvenait à situer plus précisément l'origine du bruit : il semblait venir d'un peu plus loin dans l'allée, mais l'endroit lui était caché par l'angle de la fenêtre. À l'extérieur du salon, une porte donnait accès au jardin, mais pour une raison qu'elle n'aurait pu exprimer, Tessa éprouvait une singulière réticence à l'idée de sortir pour aller voir ce mystérieux balayeur. Un étrange frisson la parcourut et elle pensa qu'elle préférait nettement voir cet homme de loin – la première fois tout au moins.

Tessa se souvint alors qu'il y avait une fenêtre sur le palier du premier étage et après avoir hésité un instant, elle finit par monter l'escalier sur la pointe des pieds, en prenant bien garde à ne pas faire de bruit. Arrivée au premier, elle suivit un petit couloir, à gauche de l'escalier. Le clair de lune traversait la fenêtre et projetait un rectangle bleu pâle sur le mur opposé. Tessa débloqua tant bien que mal la fenêtre à guillotine dont elle souleva lentement et silencieusement le panneau coulissant avant de se pencher au-dehors.

Dans l'allée au-dessous, à quelques mètres à sa gauche et près de l'angle de la maison, un homme balayait le sol, lentement et à coups réguliers, à l'aide d'un balai de bouleau. Le balai oscillait et raclait la surface du chemin avec un faible bruissement, à un rythme aussi cadencé que celui d'un balancier d'horloge.

De son poste d'observation, Tessa ne parvenait pas à distinguer les détails de la silhouette ; c'était celle, en tout cas, d'un ouvrier, à en juger par l'impression qu'elle donnait d'un homme habillé de vieux vêtements déformés. Mais en dehors de toute autre caractéristique, il y avait quelque chose d'étrange, quelque chose d'insolite et contre nature dans la scène qu'elle observait. Elle savait en effet qu'il y manquait un élément dont elle aurait dû remarquer l'absence au premier coup d'œil, et pourtant, elle était rigoureusement incapable de dire de quoi il s'agissait.

Ce sentiment d'une absence flagrante était évident, et bien qu'elle fût consciente du fait, c'était en vain qu'elle cherchait à savoir ce qui faisait défaut ; une chose était certaine, cependant : ce manque était aussi manifeste qu'un bûcher brûlant en pleine nuit. Elle avait la conviction qu'elle était en train d'observer un phénomène défiant quelque loi de la nature, mais quelle loi ? Elle n'aurait pas su le dire. Elle ressentit soudain un malaise et fut prise d'un étourdissement ; elle rentra alors la tête à l'intérieur.

Ce qu'il y avait de poltronnerie en Tessa la poussait à aller se coucher, à oublier ce qu'elle avait vu et à renoncer à toute tentative de découvrir ce qu'elle n'avait *pas* vu. Mais l'autre Tessa, celle qui méprisait les lâches, et celle qui était elle-même capable, lorsque les circonstances l'exigeaient, de faire preuve d'un grand courage, cette Tessa-là voulait rester et insister. Elle se parla à elle-même dans un souffle, comme elle le faisait toujours chaque fois qu'elle se trouvait dans un état de grande indécision.

« Tessa, espèce de froussarde ! De quoi donc as-tu peur ? Descends immédiatement, va voir qui c'est et ce qu'il y a de si bizarre dans tout cela. Il ne va quand même pas te manger ! »

Les deux Tessa, prisonnières du même corps, redescendirent l'escalier et la Tessa courageuse en voulait à son cœur de battre si fort et d'essayer de la faire mollir. Elle ouvrit la porte, cependant, et sortit dans le clair de lune.

Le Balayeur était toujours au travail, près de l'angle de la maison, non loin de l'endroit où l'allée finissait, devant une porte verte qui donnait accès à la cour des écuries. L'allée était jonchée de feuilles et la jeune femme, avançant d'un pas mal assuré, les mains croisées sur sa poitrine, remarqua qu'il ne progressait pas beaucoup dans l'accomplissement de sa besogne. Le balai s'élevait et s'abaissait, et on l'entendait nettement frotter le sol, mais les feuilles mortes restaient immobiles sous ses tiges. Ce n'était pourtant pas cela qui avait pu lui paraître étrange quelques instants plus tôt, c'était toujours ce Quelque Chose d'insaisissable et qui faisait défaut. Les pas de Tessa ne faisaient guère de bruit sur le sol recouvert de feuilles, mais le Balayeur les entendit cependant alors qu'elle se trouvait à une dizaine de mètres de lui. Il interrompit sa tâche et se tourna vers elle.

C'était un homme grand et mince, avec un visage d'une blancheur cadavérique et des yeux protubérants qui débordaient leurs orbites comme deux grosses boules. Ce visage qu'il montra à Tessa était douloureux et repoussant, un visage dont l'aspect misérable inspirait la répugnance et une horreur inimaginable, mais aucune pitié. L'homme était vêtu de haillons miteux qui semblaient avoir été jetés au hasard sur son corps émacié. Les mains qui tenaient le manche du balai paraissaient décharnées. Il était si maigre, songea Tessa, qu'on aurait dit... Tessa interrompit le cours de sa pensée, car elle haïssait le mot qui essayait de s'imposer à son esprit. Ce mot, pourtant, s'imprima en elle en provoquant un frisson de terreur : on aurait dit que cet homme était *transparent* ; elle éprouva aussitôt un malaise : ce simple adjectif avait pris soudain une signification nouvelle, un sens abominable.

Ils restèrent face à face pendant une fraction d'éternité impossible à mesurer en termes de secondes ; puis Tessa s'entendit pousser un hurlement. Car dans un éclair, l'étrange, l'épouvantable détail qui l'avait frappée auparavant, en contemplant cette silhouette, ce Quelque Chose qui manquait et dont elle avait pris conscience sans parvenir à savoir ce que c'était, ce détail s'était révélé à présent : l'allée était inondée par la lueur du clair de lune, mais le Balayeur n'avait pas d'ombre. Et dès qu'elle eut fait cette effroyable découverte, elle vit confusément, *à travers* le corps de l'homme, le lierre qui, sur le mur, frissonnait au vent. Une certitude s'imposa alors à son esprit : cette Chose n'était pas de ce monde, elle ne venait pas non plus du royaume des saints, et cette conviction soudaine lui arracha ce cri ; un instant plus tard, elle était seule, horriblement seule. L'endroit où la Chose s'était tenue était vide à présent, on n'y voyait plus que le tapis de feuilles mortes sur lequel se répandait la clarté de la lune.

Tessa ne se souvenait pas d'être retournée dans la maison. Elle se rappelait seulement s'être retrouvée dans le hall, haletante, sanglotante, proche de l'évanouissement. Lorsqu'elle s'avança vers l'escalier, elle vit une lueur danser sur le mur au-dessus d'elle et se demanda quelle horreur l'attendait encore. Mais ce n'était que Mrs. Finch qui descendait l'escalier, vêtue d'une robe de chambre, une bougie à la main, une vision insolite mais réconfortante.

« Oh ! c'est vous, Miss Tessa », dit Mrs. Finch, rassurée.

Elle abaissa la bougie et observa la jeune femme qui sanglotait.

« Mais qu'est-ce qui vous arrive donc ? Mademoiselle Tessa, mademoiselle Tessa ! Vous n'êtes pas allée dehors, n'est-ce pas ? »

Tessa sanglota à s'en étrangler et essaya de parler.

« J'ai... J'ai vu... »

Mrs. Finch descendit rapidement les dernières marches de l'escalier et passa son bras autour des épaules de la jeune femme qui frissonnait.

« Oh ! ma pauvre, ma pauvre, je sais bien ce que vous avez vu. Vous n'auriez pas dû aller dehors. Moi aussi, je l'ai vu une fois, mais rien qu'une fois, Dieu merci.

— Qu'est-ce que c'est ? demanda Tessa d'une voix entrecoupée.

— Ne vous en faites pas, n'ayez pas peur, c'est fini maintenant. Ce n'est pas pour vous qu'il est venu. C'est la patronne qu'il veut. Vous n'avez rien à craindre, mademoiselle Tessa. Où se trouvait-il lorsque vous l'avez vu ?

— Presque au bout de l'allée, près de la porte des écuries. »

Mrs. Finch leva les mains au ciel.

« Oh ! La pauvre Madame ! La pauvre Madame ! Son temps s'achève, sa fin est proche, à présent.

— Je n'en peux plus », dit Tessa dans un sanglot.

Puis, se contredisant, elle agrippa le bras de Mrs. Finch et demanda :

« Dites-moi tout, je veux savoir, je ne pourrai pas me calmer tant que je ne saurai pas.

— Venez dans mon salon, je vous ferai une tasse de thé. Nous en avons bien besoin toutes les deux.

Mais il vaut mieux que vous ne sachiez pas. En tout cas, pas ce soir, mademoiselle Tessa, pas ce soir.

— Il le faut, murmura Tessa, sinon je ne resterai pas en paix. »

Le feu brûlait toujours derrière un pare-étincelles, dans la cheminée du salon de la gouvernante ; Mrs. Finch, en effet, venait de se coucher quelques minutes auparavant, lorsque les sanglots de Tessa l'avaient tirée du lit. Il y avait encore de l'eau chaude dans la bouilloire de cuivre et le thé fut bientôt prêt. Tessa en but quelques gorgées et sentit son courage revenir ; un instant plus tard, elle regarda Mrs. Finch d'un air interrogateur.

« Je vais tout vous raconter, mademoiselle Tessa, dit la vieille gouvernante, si cela peut vous soulager. Mais ne dites surtout pas à la patronne que je vous ai révélé la vérité. »

Tessa inclina la tête et fit la promesse demandée.

« Vous ignorez, commença Mrs. Finch à voix basse, pourquoi la patronne donne toujours quelque chose aux mendiants, qu'ils le méritent ou pas. Eh bien la raison, je vais vous la dire. Miss Ludgate n'a pas toujours été ainsi, pas jusqu'à il y a une quinzaine d'années. Elle était déjà vieille à l'époque, mais très active pour son âge et passionnée de jardinage. Un jour d'automne, à la fin de l'après-midi, alors qu'elle coupait quelques roses tardives, un mendiant se présenta à la porte de service. Il paraissait malade et affamé – mais vous l'avez vu vous-même. Nous avons découvert plus tard qu'il n'était pas bien recommandable, mais il me fit pitié à cet instant et j'allais lui donner quelque chose à manger de ma propre initiative, lorsque Miss Ludgate apparut.

"Qu'est-ce que c'est ?" demanda-t-elle.

L'homme se mit à gémir et lui dit qu'il ne parvenait pas à trouver du travail.

"Du travail ? dit la patronne, mais vous ne voulez pas travailler, vous voulez qu'on vous fasse la charité. Si vous avez faim, poursuivit-elle, vous aurez à manger, mais vous allez travailler d'abord. Il y a un balai, là-bas, et l'allée est couverte de feuilles mortes. Commencez donc à les balayer à l'entrée du chemin et quand vous serez arrivé à l'autre bout, vous pourrez revenir me voir."

Il prit donc le balai et quelques minutes plus tard, j'entendis Miss Ludgate pousser un cri ; j'accourus aussitôt et je vis l'homme étendu à l'entrée du chemin ; il avait commencé à balayer, mais il avait eu un malaise et il était tombé par terre ; je ne me doutais pas qu'il était à l'agonie, mais il mourut cependant après avoir adressé à Miss Ludgate un regard que je n'oublierai jamais.

"Lorsque j'aurai balayé jusqu'au bout de l'allée, avait-il dit avant de rendre l'âme, je viendrai vous chercher, Madame, et nous festoierons ensemble.

Préparez-vous à partir, quand il sera temps pour moi de venir vous prendre.”

Ce furent ses derniers mots. Il fut enterré par la commune et Miss Ludgate était tellement bouleversée qu'elle nous ordonna de donner désormais quelque chose à chaque mendiant qui se présenterait, sans qu'il lui soit jamais demandé de faire le moindre travail.

L'automne suivant, lorsque les feuilles commencèrent à tomber, l'homme revint et se mit à balayer, à l'entrée de l'allée, là où il était mort. Nous l'avons tous entendu et la plupart d'entre nous l'ont également vu. Année après année, il est revenu et il a balayé avec son balai que l'on entend racler le sol mais qui ne déplace jamais une feuille. Chaque année, il se rapproche de plus en plus du bout de l'allée et lorsqu'il arrivera là, alors, je ne voudrais pas être la patronne, quelle que soit sa fortune. »

Ce fut trois jours plus tard, juste avant l'heure du dîner, que le Balayeur acheva sa tâche. Si l'on suppose tout au moins que l'histoire racontée par Mrs. Finch reflétait bien l'exacte vérité.

Les domestiques entendirent qu'on ouvrait à la volée la porte de service et deux d'entre eux qui s'étaient aussitôt précipités sur les lieux constatèrent que la porte était bien ouverte, mais qu'il n'y avait personne. Miss Ludgate était déjà dans le salon ; Tessa, elle, se trouvait encore en haut, dans sa chambre où elle s'habillait pour le dîner. Quelques instants plus tard, Mrs. Finch entra dans le salon pour demander quelque chose à sa patronne ; ses hurlements avertirent alors toute la maisonnée de ce qui s'était passé. Tessa entendit ses cris au moment où elle s'apprêtait à descendre l'escalier et elle se précipita dans le salon.

Miss Ludgate était assise toute droite dans son fauteuil préféré. Elle avait les yeux ouverts, mais elle était morte : et dans ses yeux, il y avait une expression qui sembla insoutenable à Tessa.

Détournant la tête pour ne pas voir ce regard de terreur, elle aperçut quelque chose sur le tapis et se pencha pour le ramasser.

C'était une feuille jaune, humide, ratatinée et déchirée, et si elle-même n'avait pas vu le Balayeur, si Mrs. Finch ne lui avait pas fait ce récit, elle se serait demandé comment cette feuille avait bien pu arriver là. Elle la laissa alors échapper en frissonnant : car on aurait dit que la feuille était tombée d'un balai de bouleau après être restée accrochée dans ses tiges.

Rosemary Timperley

# Harry

J'ai très peur de choses aussi ordinaires que la lumière du soleil, les ombres sur l'herbe, les roses blanches, les enfants aux cheveux roux ou le prénom Harry. Un prénom vraiment très ordinaire.

Dès la première fois que Christine mentionna ce nom, j'eus la prémonition de ma peur à venir.

Elle avait cinq ans et elle devait commencer à aller à l'école trois mois plus tard. Il faisait chaud, c'était une belle journée et elle jouait seule dans le jardin, comme elle en avait l'habitude. Je la voyais allongée sur le ventre, cueillant des pâquerettes dont elle tressait laborieusement des guirlandes avec un plaisir évident. Le soleil illuminait ses cheveux d'un roux clair et donnait à son visage une blancheur particulière. Ses yeux bleus grands ouverts traduisaient sa concentration.

Soudain, elle tourna son regard vers un massif de roses blanches dont l'ombre se projetait sur l'herbe et elle sourit.

« Oui, c'est moi, Christine », dit-elle.

Elle se leva alors et s'approcha lentement du massif ; ses petites jambes potelées semblaient adorables et fragiles sous sa jupe trop courte de coton bleu. Elle grandissait vite.

« Avec ma maman et mon papa », dit-elle distinctement.

Puis, après un silence :

« Oh ! mais si, c'est eux ma maman et mon papa. »

Elle était dans l'ombre du massif, à présent, et c'était comme si elle avait quitté le monde de la lumière pour entrer dans celui des ténèbres. Me sentant soudain mal à l'aise sans très bien savoir pourquoi, je l'appelai :

« Chris, qu'est-ce que tu fais ?

— Rien. »

Sa voix semblait lointaine.

« Rentre à la maison, maintenant, il fait trop chaud pour toi dehors.

— Non, je n'ai pas trop chaud.

— Rentre à la maison, Chris.

— Il faut que je rentre maintenant, dit-elle, au revoir. »

Puis elle vint vers la maison d'un pas lent.

« Chris, à qui parlais-tu ?

— À Harry, répondit-elle.

— Qui est Harry ?

— C'est Harry. »

Je ne pus rien en tirer de plus et je me contentai de lui donner du gâteau et du lait, puis je lui lus des histoires jusqu'à ce qu'il fût l'heure de la mettre au lit. Tandis qu'elle m'écoutait lire, elle contemplait le jardin. À un moment, elle sourit et fit un signe de la main. Je fus soulagée lorsque enfin je la montai dans sa chambre pour la coucher. Là, elle était en sécurité.

Quand Jim, mon mari, rentra à la maison, je lui racontai l'histoire du mystérieux « Harry ». Il éclata de rire.

« Alors, ça y est, elle s'y met !

— Que veux-tu dire ?

— C'est fréquent que des enfants seuls s'inventent des compagnons imaginaires. Certains parlent à leurs poupées, mais Chris n'a jamais été très passionnée par ses poupées. Et comme elle n'a ni frère, ni sœur, ni amis de son âge, elle imagine quelqu'un à qui parler.

— Mais pourquoi a-t-elle choisi ce nom ? »

Il haussa les épaules.

« Sait-on jamais pour quelles raisons les enfants inventent ceci ou cela ? Je ne vois pas pourquoi tu t'inquiètes, je ne vois vraiment pas.

— Moi non plus, je ne sais pas pourquoi. C'est simplement que je me sens encore plus responsable d'elle que si j'étais sa vraie mère.

— Je comprends, mais elle va très bien. Chris va à merveille. C'est une petite fille jolie, intelligente et en parfaite santé. Grâce à toi.

— Et à toi.

— En fait, nous sommes d'excellents parents !

— Et tellement modestes ! »

Nous nous mîmes à rire tous deux et il m'embrassa. Je me sentis rassurée. Jusqu'au lendemain matin.

À nouveau, le soleil brillait sur le gazon éclatant et le massif de roses blanches. Christine était assise en tailleur dans l'herbe et contemplait les roses en souriant.

« Bonjour, dit-elle, j'espérais que tu viendrais... Je t'aime bien. Tu as quel âge ?... Moi, j'ai cinq ans et même un peu plus... Non, je ne suis pas un bébé ! Bientôt, j'irai à l'école et j'aurai une nouvelle robe. Une verte. Et toi, tu vas à l'école ?... Qu'est-ce que tu fais, alors ? »

Elle resta silencieuse pendant un moment, hochant la tête, écoutant, visiblement très absorbée.

Je me sentis mal à l'aise tandis que je l'observais depuis la fenêtre de la cuisine.

« Ne sois pas stupide, me dis-je en essayant désespérément de me rassurer, beaucoup d'enfants ont des compagnons imaginaires. Fais comme si rien ne s'était passé, n'écoute pas, ne sois pas sotte. »

J'appelai cependant Chris plus tôt que d'habitude pour lui donner son verre de lait de la matinée.

« Ton lait est prêt, Chris. Viens.

— Oui, attends. »

Cette réponse était surprenante. D'ordinaire, elle

se précipitait pour boire son lait et manger ses biscuits au fromage, dont elle était gourmande.

« Allons viens, ma chérie, insistai-je.

— Est-ce que Harry peut venir aussi ?

— Non ! »

Ce « non » avait jailli de moi dans un cri et je l'avais prononcé avec une dureté qui me surprit moi-même.

« Au revoir Harry, dit-elle, je suis désolée que tu ne puisses pas venir avec moi, mais il faut que j'aille boire mon lait. »

Puis elle courut vers la maison.

« Et pourquoi est-ce que Harry ne pourrait pas avoir du lait, lui aussi ? me demanda-t-elle sur un ton de défi.

— Qui est Harry, ma chérie ?

— Harry, c'est mon frère.

— Mais Chris, tu n'as pas de frère. Papa et Maman n'ont qu'un seul enfant, une petite fille, et cette petite fille, c'est toi. Harry ne peut pas être ton frère.

— Harry, c'est mon frère, c'est lui qui me l'a dit. »

Elle se pencha sur son verre de lait et se redressa avec une marque blanche sur la lèvre. Puis elle prit les biscuits. Au moins, « Harry » ne lui avait pas coupé l'appétit.

« On va aller faire des courses, à présent, lui dis-

je lorsqu'elle eut fini de boire son lait. Ça te plaît de venir dans les magasins avec moi, n'est-ce pas ?

— Je veux rester avec Harry.

— C'est impossible, tu viens avec moi.

— Est-ce que Harry peut venir aussi ?

— Non. »

Mes mains tremblaient lorsque je mis mon chapeau et mes gants. Il faisait frais dans la maison, comme si une ombre froide s'était projetée sur elle malgré le soleil qui brillait au-dehors. Chris ne fit pas de difficultés pour m'accompagner mais tandis que nous marchions le long de la rue, elle se retourna et agita la main.

Cette nuit-là, je ne racontai rien de tout cela à mon mari. Je savais qu'il s'en serait moqué, comme la veille. Mais à mesure que les jours passaient, les fantaisies de Christine à propos de Harry me portaient de plus en plus sur les nerfs et j'en vins à haïr et à redouter ces longues journées d'été. J'avais hâte que vienne la saison des ciels gris et de la pluie. J'avais hâte que les roses blanches se fanent et meurent. Je tremblais quand j'entendais Christine parler dans le jardin. À présent, elle bavardait sans cesse avec « Harry ».

Un dimanche, Jim l'entendit.

« L'avantage avec les compagnons imaginaires, c'est qu'ils aident les enfants à parler, fit-il remarquer. Chris parle beaucoup plus librement qu'avant, ces jours-ci.

— Avec un accent, dis-je.

— Un accent ?

— Un léger accent cockney.

— Mais tous les enfants de Londres ont un léger accent cockney. Ce sera bien pire quand elle ira à l'école et qu'elle rencontrera d'autres enfants.

— Nous, nous n'avons pas l'accent cockney. Où l'a-t-elle pris ? Qui donc a bien pu le lui donner si ce n'est ce Ha... »

Je ne parvins pas à prononcer ce nom.

« Qui ? Mais le laitier, l'éboueur, le charbonnier, le laveur de vitres ; tu veux que je t'en cite d'autres ?

— Non merci », répondis-je avec un pauvre petit rire.

Je me sentais ridicule.

« De toute façon, reprit Jim, moi, je n'ai pas remarqué qu'elle avait l'accent cockney.

— Elle ne l'a pas quand elle nous parle à nous, c'est seulement quand elle parle à... à lui...

— À Harry ? Eh bien, figure-toi que je commence à m'attacher à ce jeune homme. Ce serait drôle si un jour nous regardions dans le jardin et qu'il soit là, non ?

— Ne dis pas ça ! m'exclamai-je, c'est mon cauchemar. Mon cauchemar éveillé. Oh ! Jim, je ne peux plus supporter ça. »

Il parut étonné.

« Cette histoire de Harry te met vraiment les nerfs en pelote, on dirait...

— Évidemment ! À longueur de journée, je n'entends plus que "Harry ceci", "Harry cela", "Harry dit que", "Harry pense que", "Est-ce que Harry peut en avoir ?", "Est-ce que Harry peut venir aussi ?" Toi, tu es au bureau toute la journée, mais moi, je vis avec et... j'ai... j'ai peur, Jim. C'est tellement étrange...

— Tu sais ce que tu devrais faire pour te calmer ?

— Quoi ?

— Emmener Chris voir ce bon vieux docteur Webster dès demain. Qu'il ait une petite conversation avec elle.

— Tu crois qu'elle est malade ? Je veux dire... mentalement ?

— Oh ! certainement pas. Mais quand on se trouve face à quelque chose d'un peu trop compliqué pour soi, il vaut mieux prendre l'avis d'un professionnel. »

Le lendemain, j'emmenai Chris chez le docteur Webster et je la laissai un instant dans la salle d'attente tandis que je parlai brièvement de Harry au docteur. Celui-ci hocha la tête avec bienveillance, puis :

« C'est un cas peu répandu, Mrs. James, dit-il, mais pas du tout unique. J'ai eu plusieurs fois affaire à des situations de ce genre : certains enfants s'inventent des compagnons imaginaires qui deviennent si réels que les parents en ont peur. Je suppose que c'est une petite fille assez solitaire, n'est-ce pas ?

— Elle ne connaît pas d'autre enfant. Nous sommes installés depuis peu de temps dans le quartier. Mais ce sera différent dès qu'elle ira à l'école.

— Et je pense que lorsqu'elle commencera l'école et qu'elle rencontrera d'autres enfants, ses fantaisies disparaîtront. Tous les enfants ont besoin d'avoir des camarades de leur âge et comme elle n'en a pas, elle les invente. Les adultes solitaires se parlent à eux-mêmes, ce qui ne signifie pas qu'ils sont fous, mais qu'ils ont simplement besoin de parler à quelqu'un. Les enfants ont plus de sens pratique. Elle pense qu'il est idiot de se parler à soi-même et donc elle imagine quelqu'un avec qui converser. Je ne crois vraiment pas que vous ayez à vous inquiéter.

— C'est ce que dit mon mari.

— Je m'en doute. Mais je vais quand même parler avec Christine, puisque vous l'avez amenée. Laissez-nous donc tous les deux quelques instants. »

Je vins chercher Chris dans la salle d'attente. Elle était à la fenêtre.

« Harry nous attend, dit-elle.

— Où cela, Chris ? demandai-je calmement en éprouvant le désir soudain de voir les choses avec ses propres yeux.

— Là, à côté du massif de roses. »

Le docteur avait, dans son jardin, un massif de roses blanches.

« Il n'y a personne », dis-je.

Chris me lança alors un regard de mépris qui n'avait rien d'enfantin.

« Le docteur Webster voudrait te voir à présent, ma chérie, repris-je d'une voix mal assurée, tu te souviens de lui, n'est-ce pas ? Il t'a donné des bonbons quand tu as été guérie de ta varicelle.

— Ah ! oui », dit-elle et elle entra sans aucune réticence dans le cabinet de consultation du docteur.

J'attendis dans un état de grande agitation. J'entendais faiblement leurs voix à travers le mur : le docteur pouffait de rire et Christine riait franchement. Elle lui parlait avec volubilité. Avec moi, elle ne parlait pas ainsi.

« Il n'y a absolument rien d'anormal, me dit le docteur lorsqu'ils furent sortis. C'est simplement une gamine pleine d'imagination. Un conseil, Mrs. James, laissez-la donc parler de Harry et habituez-la à se confier à vous. Je devine que vous n'avez pas très bien accueilli ce fameux "frère" et elle ne vous en parle donc plus beaucoup. Il fabrique des jouets en bois, n'est-ce pas, Chris ?

— Oui, Harry fait des jouets en bois.

— Et il sait lire et écrire, c'est cela ?

— Et nager et monter aux arbres et peindre des tableaux. Harry sait tout faire. C'est un frère formidable. »

Son visage était rouge d'admiration.

Le docteur me donna une petite tape sur l'épaule.

« Harry a l'air d'être un excellent frère pour elle. Il a même des cheveux roux, tout comme toi, n'est-ce pas, Chris ?

— Oui, Harry a les cheveux roux, dit Chris fièrement, encore plus roux que les miens. Et il est presque aussi grand que papa, un peu plus mince, seulement. Il est aussi grand que toi, maman. Et il a quatorze ans et il dit qu'il est grand pour son âge. Qu'est-ce que c'est, grand pour son âge ?

— Maman va te dire cela pendant que vous rentrerez à la maison, assura le docteur Webster. Au revoir, Mrs. James et ne vous inquiétez pas, laissez-la parler. Au revoir Chris, mes amitiés à Harry.

— Il est là-bas, dit Chris en montrant du doigt le jardin du docteur, il m'a attendue. »

Le docteur Webster éclata de rire.

« Ils sont incorrigibles, dit-il, j'ai connu une pauvre mère dont les enfants avaient inventé une tribu d'indigènes imaginaires dont les rituels et les tabous régentaient la maison. Après tout, vous avez peut-être de la chance, Mrs. James ! »

Je m'efforçai de me sentir rassurée par toutes ces paroles, mais je n'y parvins pas. J'espérais sincèrement que cette maudite histoire Harry prendrait fin lorsque Chris irait à l'école.

Chris courait devant moi. Elle levait la tête comme s'il y avait quelqu'un à côté d'elle et pendant un bref instant, un instant terrifiant, je vis une ombre sur le trottoir, à côté de la sienne – une ombre longue et mince, comme celle d'un jeune garçon. Puis l'ombre disparut. Je courus à mon tour pour rattraper Chris et je lui tins fermement la main jusqu'à notre retour. Et même lorsque j'eus retrouvé la relative sécurité de la maison – une maison si étrangement froide par ce temps de chaleur –, je ne la quittai pas des yeux. Apparemment, son comportement à mon égard était le même que d'habitude, mais en réalité, je la sentais s'éloigner de moi. Cette enfant dans ma maison devenait une étrangère.

Alors, pour la première fois depuis que nous l'avions adoptée, Jim et moi, je me demandai sérieusement : « Qui est-elle ? D'où vient-elle ? Qui étaient ses vrais parents ? Qui est cette étrangère tant aimée que j'ai prise pour fille ? Qui est Christine ? »

Une autre semaine s'écoula. Il ne fut question que de Harry, Harry sans cesse et toujours. La veille du jour où elle devait aller pour la première fois à l'école, Chris me dit :

« Je n'irai pas à l'école.

— Tu vas à l'école demain, Chris, tu as envie d'y aller, tu l'as dit toi-même. Tu vas y rencontrer beaucoup d'autres petites filles et aussi des petits garçons.

— Harry m'a dit qu'il ne pouvait pas venir avec moi.

— Tu n'auras pas besoin de Harry à l'école, il est – je m'efforçai de suivre le conseil du docteur en faisant semblant de croire à l'existence de Harry –, il est trop vieux. Un grand gaillard de quatorze ans, il se sentirait tout bête, au milieu de tous ces petits garçons et de ces petites filles.

— Je n'irai pas à l'école sans Harry. Je veux être avec lui. »

Elle se mit alors à pleurer très fort, très douloureusement.

« Chris, arrête ces bêtises ! Ça suffit ! »

Je lui donnai une bonne tape sur le bras et elle cessa aussitôt de pleurer. Puis elle me regarda fixement de ses yeux bleus grands ouverts et son regard était si froid qu'il en devenait effrayant. C'était un regard d'adulte qui me fit frissonner.

« Tu ne m'aimes pas, dit-elle alors, Harry, lui, m'aime. Harry veut rester avec moi. Il dit que je peux aller avec lui.

— Je ne veux plus entendre parler de ça ! » hurlai-je, en haïssant la colère qui passait dans ma voix, en me haïssant moi-même pour m'être ainsi mise en colère contre une petite fille – ma petite fille – la mienne...

Je m'agenouillai et tendis les bras.

« Chris ma chérie, viens là... »

Elle s'approcha lentement.

« Je t'aime, lui dis-je, je t'aime, Chris, et moi j'existe et l'école existe. Va à l'école pour me faire plaisir.

— Harry va s'en aller si j'y vais.

— Tu auras d'autres amis...

— C'est Harry que je veux. »

Et à nouveau. elle se mit à pleurer ; contre mon épaule, cette fois. Je la serrai dans mes bras.

« Tu es fatiguée, viens, je vais aller te coucher. »

Elle s'endormit en gardant sur son visage les traces de ses larmes.

Il faisait encore jour. J'allai à la fenêtre pour fermer ses rideaux. Des ombres dorées et de longues traînées de soleil s'étiraient dans le jardin. Alors, comme dans un rêve, l'ombre longue, mince et bien dessinée d'un jeune garçon apparut à nouveau près des roses blanches. J'ouvris aussitôt la fenêtre et me mis à crier comme une folle :

« Harry ! Harry ! »

Il me sembla voir comme une lueur rouge parmi les roses, comme des boucles rousses sur la tête d'un garçon. Puis tout disparut.

Je racontai à Jim la crise de larmes de Christine.

« La pauvre, dit-il, c'est toujours angoissant d'aller à l'école pour la première fois. Ça ira mieux quand elle y sera. Et tu entendras de moins en moins parler de Harry à mesure que les jours passeront.

— Harry ne veut pas qu'elle aille à l'école.

— On dirait que toi aussi, tu crois à Harry, à présent !

— Parfois, ça m'arrive.

— Tu crois encore aux mauvais esprits, à ton âge ? » dit-il d'un ton railleur.

Mais il y avait de l'inquiétude dans son regard. Il pensait que je commençais à devenir un peu folle et je ne pouvais l'en blâmer.

« Je ne pense pas que Harry soit mauvais, répondis-je, ce n'est qu'un jeune garçon. Un garçon qui n'existe pas, sauf pour Christine. Et qui est Christine ?

— Je ne veux pas entendre parler de cela ! répliqua Jim sèchement. Quand nous avons adopté Chris, nous avons décidé qu'elle serait notre enfant. Sans chercher à connaître le passé. Sans nous poser de questions et sans nous faire de soucis à ce sujet. Il n'y a pas de mystère, Chris est notre fille comme si nous l'avions engendrée nous-mêmes. Qui est Christine ? Quelle question ! Elle est notre enfant, un point c'est tout et ne l'oublie jamais !

— Tu as raison, Jim, tu as raison, bien sûr. »

Il s'était montré si virulent que je m'abstins de lui parler de ce que j'avais l'intention de faire le lendemain pendant que Chris serait à l'école.

Au matin, Christine resta silencieuse ; elle boudait. Jim plaisanta avec elle, essayant de l'égayer, mais elle se contenta de regarder par la fenêtre en disant :

« Harry est parti.

— Tu n'as pas besoin de Harry maintenant, répondit Jim, tu vas à l'école. »

Chris alors lui adressa ce regard méprisant, ce regard d'adulte que je connaissais déjà.

Nous restâmes silencieuses, elle et moi, tandis que je l'emmenais à l'école. Je pleurais presque. Bien que je fusse heureuse de la voir aller en classe, j'avais un peu l'impression de la perdre en me séparant d'elle.

Je suppose que toutes les mères ressentent la même chose quand elles emmènent leur trésor à l'école pour la première fois. Pour l'enfant, c'est la fin de la période pendant laquelle il était encore un bébé, le début de la vie réelle, de sa cruauté, de son étrangeté, de sa barbarie. Je l'embrassai et lui dis au revoir devant la porte de l'établissement, puis :

« Tu déjeuneras à l'école avec les autres enfants, lui annonçai-je, et je viendrai te chercher à trois heures, à la fin de la classe.

— Oui, maman. »

Elle serra très fort ma main. D'autres enfants et d'autres parents, aussi anxieux les uns que les autres, arrivaient devant l'école. Une jeune institutrice au visage sympathique apparut à la porte. Elle était blonde et portait une robe de lin blanc. Elle rassembla les enfants autour d'elle et les emmena. En passant devant moi, elle m'adressa un sourire chaleureux et dit :

« Nous prendrons bien soin d'elle. »

Lorsque je repartis, je me sentais le cœur plus léger, sachant que Chris était en sécurité et que je n'avais pas à m'inquiéter.

J'entrepris alors ma mission secrète. Montant dans un autobus, je me rendis en ville, devant le grand et sinistre bâtiment dans lequel je n'étais pas entrée depuis plus de cinq ans. À cette époque, nous y étions allés ensemble, Jim et moi. Le dernier étage de l'immeuble appartenait à la Société d'Adoption Greythorne. Je grimpai les escaliers jusqu'au quatrième et je frappai à la porte que je connaissais déjà et dont la peinture était aussi écaillée qu'avant. Une secrétaire que je n'avais encore jamais vue m'ouvrit et me fit entrer.

« Pourrais-je voir Miss Cleaver ? demandai-je, je suis Mrs. James.

— Vous avez un rendez-vous ?

— Non, mais c'est très important.

— Je vais voir. »

La jeune fille sortit et revint un instant plus tard.

« Miss Cleaver va vous recevoir, Mrs. James. »

Miss Cleaver était une femme grande et mince, aux cheveux blancs et au sourire charmant. Elle avait un visage ouvert qui exprimait la gentillesse et un front sillonné de rides. Elle se leva lorsque j'entrai.

« Mrs. James. Je suis très heureuse de vous revoir. Comment va Christine ?

— Très bien, Miss Cleaver, mais je ferais mieux de vous parler tout de suite des raisons de ma visite. Je sais que normalement, vous ne révélez jamais l'origine d'un enfant à ses parents adoptifs, mais il faut que je sache qui est Christine.

— Désolée, Mrs. James, commença-t-elle, mais nos règles...

— Laissez-moi d'abord vous raconter toute l'histoire, l'interrompis-je, et vous verrez qu'il ne s'agit pas de satisfaire une simple curiosité. »

Je lui parlai alors de Harry.

« C'est très étrange, dit-elle, lorsque j'eus terminé, très étrange en vérité. Mrs. James, pour une fois, je vais déroger à la règle et je vais vous dire sous le sceau du secret d'où vient Christine. Elle est née dans un quartier très pauvre de Londres. Il y avait quatre personnes dans la famille, le père, la mère, un fils et Christine elle-même.

— Un fils ?

— Oui. Il avait quatorze ans quand... quand c'est arrivé...

— Quand quoi est arrivé ?

— Laissez-moi vous raconter depuis le début. Ses parents n'avaient pas vraiment désiré la naissance de Christine. La famille vivait dans une pièce unique, au dernier étage d'une vieille maison qui aurait dû être fermée par les services d'hygiène, à mon avis. Les choses étaient déjà difficiles lorsqu'ils n'étaient que trois, mais avec l'arrivée du bébé, leur vie devint un vrai cauchemar. La mère était névrosée, sale, malheureuse et obèse. Quand le bébé fut né, elle le négligea, mais le frère voua dès le début une véritable adoration à cette petite fille. Il eut même des ennuis à l'école car il manquait la classe pour pouvoir s'occuper de sa petite sœur. Le père avait un emploi régulier dans un entrepôt. Il ne gagnait pas beaucoup d'argent, mais juste assez pour survivre. Puis il tomba malade pendant plusieurs semaines et perdit son travail. Il devait rester couché dans cette pièce insalubre, en étant malade, angoissé, harcelé par sa femme, exaspéré par les pleurs du bébé et par son fils qui était sans cesse aux petits soins pour cette enfant. J'ai su tous ces détails par les voisins qui me les ont rapportés après. On m'a également dit qu'il avait eu de très graves ennuis quand il était soldat, pendant la guerre, et qu'il avait dû passer plusieurs mois à l'hôpital, dans un service neurologique, avant de pouvoir rentrer chez lui alors qu'il avait été démobilisé depuis longtemps. Finalement, il n'a pas pu en supporter davantage et un matin à l'aube, une locataire qui habitait au rez-de-chaussée de la maison vit quelque chose tomber devant sa fenêtre puis s'écraser sur le sol avec un bruit sourd. Elle sortit pour aller voir ce qui se passait et elle trouva le fils étendu par terre. Il tenait Christine dans ses bras, et il était mort, le cou rompu. Christine avait le visage bleuâtre mais elle respirait encore faiblement. La locataire réveilla tout le monde dans la maison et envoya chercher la police et un docteur. Là-haut, au dernier étage, il fallut enfoncer la porte qui était fermée de l'intérieur et soigneusement calfeutrée. Une forte odeur de gaz régnait dans la pièce bien que la fenêtre fût ouverte. On trouva le mari et la femme allongés sur le lit. Ils étaient morts tous les deux et le mari avait laissé un mot : “Je ne peux plus continuer, avait-il écrit, je vais les tuer tous, c’est le seul moyen.”

La police établit qu’il avait calfeutré la porte et les fenêtres, qu’il avait ouvert le gaz pendant que toute la famille était endormie puis qu’il était venu s’allonger à côté de sa femme avant de sombrer dans l’inconscience et dans la mort. Mais le fils avait dû se réveiller, essayant peut-être d’ouvrir la porte sans y parvenir. Il était sans doute trop faible pour crier et tout ce qu’il avait pu faire, c’était ouvrir la fenêtre et se jeter au-dehors en serrant sa petite sœur adorée dans ses bras. Comment se fait-il que Christine elle-même n’ait pas succombé au gaz, c’est un mystère. Elle avait peut-être la tête sous les couvertures, tout contre la poitrine de son frère – ils dormaient toujours ensemble. Quoi qu’il en soit, l’enfant fut transportée à l’hôpital puis confiée à l’établissement où Mr. James et vous-même l’avez vue pour la première fois... Et ce fut un jour de chance pour la petite Christine !

— Ainsi, son frère lui a sauvé la vie en mourant ? dis-je.

— Oui, c’était un jeune homme très courageux.

— Peut-être a-t-il davantage pensé à la garder avec lui qu’à la sauver pour elle-même ? Oh ! mais non, c’est très injuste, ce que je dis là. Ce n’est pas ce que je voulais exprimer. Miss Cleaver, quel était le nom de ce pauvre garçon ?

— Je vais regarder. »

Elle consulta l'un de ses nombreux dossiers puis dit enfin :

« La famille s'appelait Jones et le frère de quatorze ans se prénommait Harold.

— Avait-il les cheveux roux ? murmurai-je.

— Ça, je l'ignore Mrs. James.

— Mais c'est Harry. Ce garçon était Harry. Qu'est-ce que cela signifie ? Je ne comprends pas.

— Ce n'est pas très facile, en effet, mais je pense que peut-être, dans son subconscient, Christine a toujours conservé le souvenir de Harry, le compagnon du temps où elle était bébé. On croit généralement que les enfants n'ont pas beaucoup de mémoire, mais certaines images du passé doivent demeurer quelque part dans leur petite tête. Christine *n'invente* pas Harry. Elle s'en *souvient.* Et elle s'en souvient même tellement qu'elle l'a presque ressuscité. Je sais que cela semble un peu tiré par les cheveux, mais toute cette histoire est si étrange que je ne vois pas d'autre explication.

— Pourriez-vous m'indiquer l'adresse de la maison où ils habitaient ? »

Elle éprouvait quelque scrupule à me donner le renseignement, mais je parvins à la persuader et je pris finalement le chemin du 13 Canver Row où Mr. Jones avait presque réussi à tuer toute sa famille.

La maison semblait abandonnée. Elle était sale et

tombait en ruine. Un détail alors attira mon regard, j'en étais comme fascinée : il y avait un minuscule jardin parsemé d'herbes folles qui formaient des taches brillantes sur la terre brune et nue. Mais surtout, le petit jardin était agrémenté d'un étrange ornement dont se trouvaient dépourvues toutes les autres demeures de cette rue sinistre : c'était un massif de roses blanches, éclatantes de splendeur, et dont le parfum emplissait l'atmosphère.

Debout près du massif, je contemplai la fenêtre du dernier étage.

Une voix me fit sursauter :

« Qu'est-ce que vous fabriquez ici ? »

C'était une vieille femme qui m'observait depuis la fenêtre du rez-de-chaussée.

« Je pensais que la maison était vide, dis-je.

— Elle le devrait. Elle est condamnée. Mais pas question de m'en faire partir. J'ai nulle part où aller. M'en irai pas. Les autres ont eu vite fait de déménager quand c'est arrivé. Et personne d'autre ne veut venir habiter ici. Ils disent que la maison est hantée. C'est vrai. Et alors, qu'est-ce que ça peut me faire ? La vie, la mort, c'est pareil. Vous apprendrez ça quand vous serez vieille. Vivant ou mort, quelle différence ? »

Elle me regarda avec des yeux jaunâtres injectés de sang.

« Je l'ai vu passer devant ma fenêtre reprit-elle.

C'est là qu'il est tombé. Sur les roses. Il revient toujours. Je le vois. Il ne s'en ira pas tant qu'il ne l'aura pas eue.

— De... De qui parlez-vous ?

— De Harry Jones. C'était un brave garçon. Il était roux. Très mince. Mais c'était un entêté, il n'en faisait qu'à sa tête. J'ai toujours pensé qu'il aimait trop Christine. Il est mort parmi les roses. Il avait l'habitude de s'asseoir là, avec elle, pendant des heures, à côté du massif. Et c'est là qu'il est mort. Mais est-ce que les gens meurent ? L'Église devrait nous le dire, mais elle ne dit rien là-dessus. On peut croire personne. Allez-vous-en maintenant. C'est pas un endroit pour vous. Ici, c'est pour les morts qui ne sont pas morts et les vivants qui ne sont pas vivants. Est-ce que je suis morte ou vivante ? Si vous êtes capable de me le dire, tant mieux, moi, je n'en sais rien. »

Ses yeux fous qui me fixaient sous sa mèche blanche en bataille me faisaient peur. Les fous sont terrifiants. Et même lorsqu'ils font pitié, on ne peut s'empêcher d'en avoir peur.

« Je vais m'en aller, murmurai-je, au revoir. »

Puis je m'éloignai sur le trottoir brûlant en essayant de me dépêcher mais je me sentais les jambes lourdes et à demi paralysées, comme dans un cauchemar.

J'avais la tête en plein soleil, mais je m'en rendais

à peine compte. Perdant toute notion d'espace et de temps, je poursuivis mon chemin d'une démarche hésitante.

J'entendis alors quelque chose qui me glaça le sang.

Une horloge sonnait trois heures.

À trois heures, j'aurais dû être à la porte de l'école pour y chercher Christine.

Et où étais-je, à présent ? À quelle distance de l'école ? Quel autobus fallait-il prendre ?

Prise de panique, je demandai mon chemin à des passants qui me regardèrent d'un air effrayé, comme j'avais moi-même regardé la vieille femme. Ils devaient penser que j'étais folle.

Je trouvai enfin le bon autobus et j'arrivai à l'école, épuisée par la poussière, les gaz d'échappement et l'angoisse. Je traversai en courant la cour vide et surchauffée puis entrai dans une classe où je trouvai la jeune institutrice qui rangeait ses livres.

« Je suis venue chercher Christine James, je suis sa mère, dis-je d'une voix essoufflée, excusez-moi d'être en retard, où est-elle ?

— Christine James ? »

La jeune femme fronça les sourcils.

« Ah ! oui, je me souviens, dit-elle d'une voix enjouée, cette adorable petite fille aux cheveux roux. Tout va bien, Mrs. James, son frère est venu la chercher. C'est fou ce qu'ils se ressemblent, n'est-ce pas ?

Et il l'aime tellement. C'est merveilleux de voir un garçon de son âge qui ait tant d'affection pour sa petite sœur. Est-ce que votre mari a aussi les cheveux roux, comme les enfants ?

— Qu'est-ce qu'a dit son... son frère ? demandai-je d'une voix faible.

— Rien du tout ; lorsque je lui ai parlé, il s'est contenté de sourire. Je pense qu'ils doivent être rentrés à la maison, à cette heure-ci. Qu'est-ce qu'il y a, vous ne vous sentez pas bien ?

— Si, si, ça va... Il faut que je m'en aille... »

Je courus sur tout le chemin du retour dans les rues brûlantes de soleil.

« Chris ! Christine ! Où es-tu ? Chris ! Chris ! »

Parfois, il m'arrive encore d'entendre ma voix qui hurlait dans la maison glacée.

« Christine ! Chris ! Où es-tu ? Réponds-moi Chriiiiiss ! » Puis : « Harry ! Ne l'emmène pas ! Reviens ! Harry ! Harry ! »

Complètement affolée, je me précipitai dans le jardin. La chaleur du soleil me tomba dessus comme une lame chauffée au rouge. Les roses étincelaient de blancheur. L'air semblait tellement immobile que j'avais l'impression de n'être nulle part et d'avoir échappé au temps. Pendant un instant, je me sentis très proche de Christine, bien que ne la voyant pas. Puis les roses se mirent à danser devant mes yeux et prirent une teinte rouge. Le monde entier devint rouge. D'un rouge sang. Un rouge humide. Tout alors bascula du rouge au noir et je tombai dans le néant, presque dans la mort.

Je dus rester au lit plusieurs semaines, victime d'une insolation qui s'était transformée en fièvre cérébrale. Pendant tout ce temps, Jim et la police cherchèrent Christine en vain. Et cette recherche inutile se poursuivit des mois durant. Les journaux étaient pleins de l'étrange disparition de la petite fille aux cheveux roux. L'institutrice donna également le signalement du « frère » qui était venu la chercher. La presse parla longuement de kidnapping, d'enlèvement d'enfant, de meurtre.

Puis l'intérêt suscité par l'affaire retomba. Ce n'était plus qu'un nouveau mystère non résolu qui allait finir dans les archives de la police.

Et seules deux personnes savaient ce qui s'était réellement passé. Une vieille femme folle qui habitait une maison en ruine et moi-même.

Les années ont passé, mais je continue à avoir peur.

J'ai très peur de choses aussi ordinaires que la lumière du soleil, les ombres sur l'herbe, les roses blanches, les enfants aux cheveux roux ou le prénom Harry. Un prénom vraiment très ordinaire.

## L. P. Hartley

# W. S.

La première carte postale venait de Forfar.

*J'ai pensé que vous aimeriez peut-être cette image de Forfar,* disait-elle ; *vous vous êtes toujours tant intéressé à l'Écosse. C'est d'ailleurs une des raisons pour lesquelles je m'intéresse à vous. J'ai beaucoup aimé tous vos livres, mais est-ce que vous vous frottez réellement aux gens ? J'ai des doutes à ce sujet. Essayez de penser à cela, c'est ma façon de vous serrer la main. Avec mon admiration dévouée,*

W. S.

Comme d'autres romanciers, Walter Streeter avait l'habitude de recevoir du courrier de gens qu'il ne connaissait pas. Généralement, leurs signataires étaient amicaux mais parfois, ils se montraient critiques. Dans l'un et l'autre cas, cependant, il leur répondait toujours, car il était consciencieux. Mais la réponse au courrier lui demandait du temps et de l'énergie et il était donc plutôt soulagé que W. S. n'eût pas donné son adresse. La photo de Forfar, sur la carte postale, n'avait aucun intérêt et il la déchira. En revanche, la critique exprimée par son correspondant anonyme traînait dans sa tête. Est-ce que, véritablement, il ne parvenait pas à se frotter à ses personnages ? Peut-être bien. Il était conscient du fait que, la plupart du temps, ils étaient soit des projections de sa propre personnalité, soit, sous différentes formes, son antithèse. Le Moi et le Non-Moi. Peut-être W. S. l'avait-il décelé ? Walter se promit alors d'être plus objectif et ce n'était pas la première fois qu'il faisait un tel vœu.

Une autre carte postale arriva environ dix jours plus tard. Cette fois, elle était postée de Berwick-on-Tweed.

*Que pensez-vous de Berwick-on-Tueed ?* disait-elle. *Tout comme vous, c'est une ville qui se trouve à la limite. J'espère que vous ne verrez rien de discourtois dans ce que je viens d'écrire. Je ne veux pas dire que vous êtes un cas limite ! Vous savez à quel point j'admire vos nouvelles. Pour certains, elles semblent venir d'un autre monde. Je pense que vous devriez choisir un monde ou un autre. Une autre chaleureuse poignée de main de*

W. S.

Walter Streeter médita ces lignes et commença à s'interroger sur leur signataire. Son correspondant était-il une femme ou un homme ? Son écriture paraissait être celle d'un homme – une écriture commerciale, assurée, et la critique elle-même avait un caractère masculin. D'un autre côté, il y avait là une manière très féminine d'essayer de découvrir les choses – une volonté, tout à la fois, de le flatter et de le faire douter de lui. Il sentit naître la curiosité mais il la rejeta ; il n'était pas homme à entrer en relation avec des inconnus. C'était pourtant étrange de penser à cette personne anonyme qui s'interrogeait sur lui, qui le jaugeait. Un autre monde, vraiment ! Il relut les deux derniers chapitres qu'il avait écrits. Peut-être, en effet, n'étaient-ils pas très réalistes. Il avait peut-être trop tendance, comme d'autres romanciers de nos jours, à s'échapper dans un monde ambigu, un monde où l'esprit conscient n'a pas beaucoup de prise sur les choses. Mais cela avait-il de l'importance ? Il jeta l'image de Berwick-on-Tweed dans le feu de novembre qui brûlait dans la cheminée et essaya d'écrire ; mais les mots avaient du mal à venir, comme s'ils devaient franchir une puissante barrière d'autocritique. Et tandis que les jours passaient, il prit conscience, avec un certain malaise, d'une division à l'intérieur de lui-même ; on aurait dit que quelqu'un s'était emparé de sa personnalité et s'efforçait de la séparer en deux. Son travail n'avait plus rien d'homogène ; il était tiraillé entre deux forces opposées et irréconciliables et plus il essayait de résoudre cette discorde, plus il avait du mal à écrire. « Ce n'est pas grave, pensait-il, j'étais peut-être en train de m'enfoncer dans une ornière et il se peut que ces difficultés soient un passage douloureux qui me permettra d'évoluer ; et si j'étais en train de puiser à une nouvelle source ? Si seulement je pouvais relier ces deux forces et faire en sorte que leur conflit soit productif, comme beaucoup d'autres artistes l'ont fait avant moi ! »

La troisième carte postale montrait une vue de la cathédrale de York.

*Je sais que vous vous intéressez aux cathédrales,* était-il écrit. *Pour moi, il est clair que, dans votre cas, ce n'est pas un signe de mégalomanie ; cependant, les églises plus petites valent parfois davantage la peine d'être vues. Il y a beaucoup d'églises sur la route qui me mène vers le Sud. Est-ce que vous êtes occupé à écrire, ces temps-ci, ou cherchez-vous des idées ? Une autre poignée de main chaleureuse et l'amitié de*

W. S.

Il était vrai que Walter Streeter s'intéressait aux cathédrales. La cathédrale Lincoln avait été le sujet d'une de ses fantaisies de jeunesse et il avait également écrit quelque chose à ce sujet dans un guide de voyage. Il était également vrai qu'il admirait leur taille en elle-même et qu'il avait tendance à mésestimer les églises paroissiales. Mais comment tout cela avait-il pu venir à la connaissance de W. S. ? Et s'agissait-il vraiment d'un signe de mégalomanie ? Et d'ailleurs, qui était donc W. S. ?

Pour la première fois, il fut frappé par le fait que ces initiales étaient aussi les siennes. En fait, non, ce n'était pas la première fois qu'il s'en rendait compte. Il l'avait remarqué auparavant mais c'étaient des initiales si répandues ; celles de William Schwenk Gilbert, de William Somerset Maugham, celles aussi de Shakespeare – très communes, vraiment. N'importe qui pouvait avoir les mêmes. Pourtant, il voyait désormais là une étrange coïncidence ; et cette idée lui vint alors à l'esprit : supposons que je me sois écrit des cartes postales à moi-même ? Certaines personnes font des choses semblables, en particulier les gens qui souffrent d'un dédoublement de la personnalité. Ce n'était pas son cas, bien sûr. Et pourtant, il avait constaté cette évolution inexpliquée – cette dichotomie dans son écriture qui s'était étendue de sa pensée à son style : il écrivait un paragraphe au rythme lent, avec des points-virgules et des subordonnées, puis, aussitôt après, un autre paragraphe au style aigu et incisif avec des propositions principales et des points.

Il regarda à nouveau l'écriture manuscrite de la

carte postale. Elle était d'une parfaite banalité. Ce pouvait être celle de n'importe qui. Elle était même si banale qu'on aurait pu la croire déguisée. À présent, il s'imaginait voir des ressemblances avec sa propre écriture. Il était sur le point de jeter la carte postale au feu lorsqu'il se ravisa soudain. « Je vais la montrer à quelqu'un », pensa-t-il.

« Eh bien, tout cela me paraît parfaitement clair, lui dit l'ami à qui il montra la carte, cette femme est folle. Je suis sûr que c'est une femme. Elle est sans doute tombée amoureuse de toi et elle essaie de t'intéresser à elle. À ta place, je n'y prêterais pas la moindre attention. Quand on fait un métier public, on reçoit toujours des lettres de fous. Et s'ils t'ennuient, il suffit, pour les réduire à néant, de ne pas lire ce qu'ils écrivent. Ce genre de personnage est toujours un peu télépathe et si elle sent que tu te laisses prendre à son petit jeu, elle continuera. »

Pendant un certain temps, Walter Streeter se sentit rassuré. Il s'agissait d'une femme, une petite créature telle une souris, qui s'était prise d'affection pour lui ! Il n'y avait vraiment pas là de quoi se sentir mal à l'aise. Mais son subconscient, cherchant quelque chose pour le tourmenter et s'attribuant l'autorité de la logique, lui mit cette idée en tête : « Supposons que ces cartes postales soient l'œuvre d'un fou et que ce soit toi qui te les sois écrites à toi-même ; ne faut-il pas en conclure que toi aussi, tu es fou ? » Il essaya de chasser cette pensée de son esprit. Il voulut détruire cette carte postale comme il avait fait des autres. Mais quelque chose en lui désirait la conserver. Il sentait qu'elle était devenue une partie de lui-même. Cédant à une impulsion irrésistible qui lui fit peur, il se surprit à glisser la carte derrière la pendule posée sur le manteau de la cheminée. Il ne pouvait pas la voir, mais il savait qu'elle était là.

À présent, il lui fallait admettre que cette histoire de cartes postales était devenue un élément dominant dans sa vie. De cette correspondance étaient nés des pensées et des sentiments nouveaux qui ne lui apportaient aucune aide et tout son être était tendu dans l'attente de la prochaine carte.

Pourtant, lorsqu'elle arriva, elle le prit complètement par surprise, comme les trois autres. Il ne put se résoudre à regarder ce qu'elle représentait.

*Je me rapproche,* disait la carte, *je suis à Coventry maintenant. Est-ce qu'on vous a déjà envoyé à Coventry ? Il m'est arrivé qu'on m'y envoie, c'est d'ailleurs vous qui l'aviez fait. Ce n'est pas une expérience très agréable, je puis vous l'assurer. Peut-être après tout allons-nous nous rencontrer ? Je vous ai conseillé de vous frotter à vos personnages, n'est-ce pas ? Est-ce que je vous ai donné de nouvelles idées ? Si oui, vous devriez m'en remercier car si j'ai bien compris, c'est ce que cherchent les romanciers. J'ai relu vos romans, je pourrais même dire que j'ai vécu dedans. Je vous serre la main. Comme d'habitude.*

W. S.

Une vague de panique envahit alors Walter Streeter. Comment se faisait-il qu'il n'eût pas remarqué, depuis tout ce temps, le fait le plus significatif : chaque nouvelle carte avait été envoyée d'une ville géographiquement plus proche de lui que la précédente. *Je me rapproche.* Est-ce que son esprit s'était laissé ainsi aveugler par un souci inconscient de se protéger ? Si c'était le cas, il fallait qu'il retrouve sa lucidité. Il prit un atlas et traça sommairement l'itinéraire de W. S. Une distance d'environ cent vingt kilomètres séparait les différentes étapes. Et Walter vivait dans une grande ville du Sud-Ouest qui se trouvait à peu près à la même distance de Coventry.

Devait-il montrer ces cartes postales à un psychiatre ? Mais qu'est-ce qu'un psychiatre aurait pu lui dire ? Il ne saurait pas ce que justement Walter Streeter voulait savoir : avait-il quelque chose à craindre de W. S. ?

Il valait mieux prévenir la police car elle avait l'habitude de traiter des affaires de lettres anonymes. Et si on se moquait de lui, c'était tant mieux.

Les policiers ne se moquèrent pas de lui, cependant. D'après eux, il s'agissait d'un canular et W. S.

ne se montrerait jamais. Ils lui demandèrent si quelqu'un pouvait lui en vouloir.

« Pas que je sache », répondit Walter.

Les policiers eux aussi pensaient que l'auteur des cartes postales était une femme. Ils lui conseillèrent de ne pas s'inquiéter et de les prévenir s'il en recevait d'autres.

Un peu rassuré, Walter revint chez lui. La conversation avec les policiers lui avait fait du bien. Il y repensa. Ce qu'il leur avait dit était tout à fait vrai : il n'avait pas d'ennemis. Il n'était pas homme à éprouver des sentiments très intenses ; et lorsque cela lui arrivait, il les exprimait dans ses livres. Parfois, il avait campé dans ses romans des personnages passablement odieux. Mais pas récemment, en tout cas. Ces dernières années, il avait eu quelque répugnance à décrire des personnages d'hommes ou de femmes vraiment mauvais : d'un point de vue moral, il pensait que ce serait faire preuve d'une certaine irresponsabilité et d'un point de vue artistique, de tels personnages lui paraissaient peu convaincants. Il y avait du bon en chaque être humain : les individus comme Iago[1] étaient un mythe. Ces temps derniers – bien qu'il dût admettre qu'il n'avait plus posé sa plume sur le papier depuis plusieurs semaines, tant cette ridicule affaire de cartes postales le préoccupait –, s'il

1. Personnage de Shakespeare, dans *Othello*.

avait eu à imaginer un personnage véritablement malfaisant, il l'aurait représenté sous les traits d'un nazi ou d'un communiste – quelqu'un qui aurait délibérément renoncé à ses caractéristiques humaines. Mais dans le passé, lorsqu'il était plus jeune et plus enclin à voir les choses en blanc ou en noir, il s'était laissé aller une ou deux fois. Il ne se souvenait pas très bien de ses premiers livres, mais dans l'un d'eux, *Le Banni,* il avait décrit un personnage sur lequel il s'était réellement acharné, manifestant à son égard une animosité extrême, comme s'il s'était agi d'un être véritable qu'il aurait voulu dénoncer. En attribuant ainsi tous les traits de la méchanceté à cet homme, il avait ressenti un étrange plaisir et ne lui avait jamais accordé le bénéfice du doute. Jamais il n'avait éprouvé pour lui la moindre pitié, même lorsque son personnage avait reçu le châtiment de ses méfaits en mourant sur la potence. Il s'était montré si convaincant vis-à-vis de lui-même que l'idée de cet être ténébreux, rôdant dans l'ombre et débordant de malfaisance, l'avait presque effrayé.

Curieusement, il ne parvenait pas à se rappeler le nom de cet homme. Il prit le volume dans sa bibliothèque et en tourna les pages. Même à présent, elles lui procuraient un certain malaise. Ah ! voilà, c'était là, William... William... Il lui fallut revenir en arrière pour trouver le nom de famille. William Stainsforth.

C'étaient ses propres initiales.

Il ne pensait pas que cette coïncidence pût avoir une quelconque signification, mais elle l'influença malgré tout et affaiblit sa volonté de résister à son obsession. Son trouble était même si grand que lorsqu'une nouvelle carte postale arriva, il en ressentit un certain soulagement.

*Est-ce que cette photo vous rappelle quelque chose ?* lut-il et involontairement, il retourna la carte. Elle représentait une prison, la prison de Gloucester. Il contempla cette image comme si elle avait pu lui dire quelque chose puis il s'efforça de poursuivre la lecture.

*Je suis tout près, maintenant. Je ne suis pas tout à fait maître de mes mouvements, comme vous pouvez le deviner, mais tout va bien. J'attends avec impatience de vous voir pendant le week-end. Nous serons alors vraiment face à face. Je me demande si vous me reconnaîtrez ! Ce ne sera pas la première fois que vous m'offrirez l'hospitalité. Ti stringo la mano. Comme d'habitude.*

W. S.

Walter se rendit immédiatement au commissariat et montra la carte en demandant s'il pouvait bénéficier d'une protection de la police pendant le week-end. L'officier de permanence lui sourit et déclara qu'il s'agissait sûrement d'un canular ; mais il enverrait quand même quelqu'un surveiller sa maison.

« Vous n'avez toujours aucune idée de l'identité du signataire ? » demanda le policier.

Walter hocha la tête en signe de dénégation.

On était mardi ; Walter Streeter avait donc tout le temps de penser au week-end. Tout d'abord, il crut qu'il ne pourrait pas supporter cette attente mais curieusement, sa confiance en lui-même se renforça au lieu de faiblir. Il se mit au travail comme s'il avait pu travailler et peu après, il se rendit compte qu'il le pouvait, effectivement – pas de la même façon qu'auparavant mais mieux, pensa-t-il. Il lui semblait que la tension nerveuse à laquelle il avait été soumis avait agi comme un acide et cet acide avait dissous certaines pensées qui s'étaient interposées entre son travail et lui-même, rompant le contact avec son écriture : il se sentait plus proche de celle-ci à présent et au lieu de se contenter d'obéir à ses indications, ses personnages, désormais, se prêtaient de tout cœur aux expériences qu'il leur imposait. Les jours passèrent ainsi et l'aube du vendredi lui parut annoncer un jour comme un autre, jusqu'au moment où quelque chose l'arracha à la transe dans laquelle il s'était plongé :

« Quand le week-end commence-t-il ? » se demanda-t-il soudain.

Un long week-end commence le vendredi et à cette

pensée, la panique le saisit à nouveau. Il descendit à la porte d'entrée et regarda au-dehors. C'était une rue peu fréquentée des faubourgs, bordée de maisons Régence, comme la sienne. Elles avaient toutes de hautes portes rectangulaires dont certaines étaient surmontées de lanternes suspendues à des appliques de fer en forme de demi-cercle. La plupart de ces lanternes étaient hors d'usage et il n'y en avait que deux ou trois qui fussent jamais allumées. Une voiture descendit lentement la rue ; des piétons traversaient la chaussée ; tout était normal.

Plusieurs fois ce jour-là, Walter Streeter vint regarder dans la rue et n'y remarqua rien d'inhabituel. Et lorsque le samedi arriva sans apporter une nouvelle carte postale, sa panique avait presque totalement disparu. Il était même sur le point d'appeler le commissariat pour dire qu'après tout, ce n'était plus la peine de lui envoyer quelqu'un.

Les policiers avaient cependant tenu parole et avaient bel et bien envoyé un agent. Entre le thé et le dîner, à l'heure où les invités du week-end arrivent généralement, Walter vint à la porte et vit un policier juste en face de chez lui, entre deux maisons. C'était le premier policier qu'il eût jamais vu dans Charlotte Street. Le soulagement que lui apporta cette présence lui fit prendre conscience de l'angoisse qu'il avait éprouvée. À présent, il se sentait plus en sécurité que jamais et il fut quelque peu honteux d'avoir ainsi donné du travail supplémentaire à des hommes qui en avaient déjà suffisamment. Devait-il aller voir ce gardien inconnu, lui parler, lui offrir une tasse de thé ou un verre ? Ce serait amusant de l'entendre rire des fantaisies de Walter. Mais non, d'une certaine manière, il se sentait encore plus en sécurité quand il avait pour le protéger quelqu'un d'impersonnel et d'anonyme. « Agent Smith » semblait moins impressionnant que « agent en faction ».

À plusieurs reprises, depuis une fenêtre de son appartement (il n'aimait pas aller ouvrir la porte de la maison et regarder à l'extérieur), il s'assura que son gardien était toujours là ; et pour preuve supplémentaire, il demanda à sa gouvernante de vérifier par elle-même l'étrange phénomène ; il fut déçu, cependant, de l'entendre dire, lorsqu'elle revint, qu'elle n'avait pas vu de policier. Mais elle ne savait pas voir les choses de toute façon, et quand Walter, quelques minutes plus tard, retourna à la fenêtre, il put constater que le policier était bien là. À l'évidence cet homme devait faire les cent pas, de temps à autre, et il s'était sans doute un peu éloigné lorsque Mrs. Kendal était allée voir.

Il était contraire à ses habitudes de travailler après le dîner, mais ce soir-là, il fit exception à la règle. Il se sentait tellement en veine d'inspiration... À la vérité, il était comme possédé par une sorte d'exaltation ; les mots jaillissaient de sa plume et il eût été stupide d'interrompre cette impulsion créatrice pour le simple avantage de dormir un peu plus. Il continua. Sans s'arrêter. On avait raison d'affirmer que la nuit favorise le travail. Lorsque sa gouvernante vint lui dire bonsoir, il leva à peine les yeux.

Dans la petite chambre tiède et douillette, le silence ronronnait autour de lui comme le frémissement d'une bouilloire. Il n'entendit même pas la sonnette de la porte d'entrée avant qu'elle eût retenti pendant un bon moment.

Une visite à cette heure ?

Les jambes tremblantes, il descendit à la porte, ne sachant trop qui il allait trouver ; aussi fut-il grandement soulagé, lorsqu'il eut ouvert, de voir s'encadrer dans l'embrasure de la porte la haute silhouette d'un policier.

« Entrez, entrez, cher monsieur », s'exclama-t-il sans attendre que l'homme eût prononcé un mot.

Il tendit la main, mais le policier ne la serra pas.

« Vous avez dû avoir très froid à rester là dehors, reprit Walter, en voyant des flocons de neige sur la cape et le casque de l'agent, entrez donc vous réchauffer.

— Merci, répondit le policier, ce n'est pas de refus. »

Walter connaissait suffisamment les expressions qu'employaient les hommes comme lui pour savoir qu'il n'y avait aucune réticence dans cette réponse.

« C'est par ici, indiqua Walter Streeter, j'étais en train d'écrire dans mon bureau. Ah ! çà, il fait *vraiment* froid, je vais mettre le chauffage plus fort. Mais débarrassez-vous donc, faites comme chez vous.

— Je ne peux pas rester très longtemps, dit le policier, j'ai un travail à faire, comme *vous* le savez.

— Oh ! que oui, répondit Walter, c'est d'ailleurs un travail sans grande importance, une sinécure, en quelque sorte. »

Il s'interrompit en se demandant si le policier connaissait le mot sinécure.

« Je suppose que vous savez d'où vient toute cette affaire, reprit-il, vous êtes au courant des cartes postales ? »

Le policier approuva d'un signe de tête.

« Mais rien ne peut m'arriver tant que vous serez là, poursuivit Walter, je suis en sécurité... tranquille comme Baptiste. Restez aussi longtemps que vous voudrez, je vous offre un verre.

— Je ne bois jamais pendant le service », répliqua le policier.

Toujours vêtu de sa cape et coiffé de son casque, il jeta un coup d'œil autour de lui.

« Alors, c'est là que vous travaillez ? demanda-t-il.

— Oui, j'étais en train d'écrire quand vous avez sonné.

— J'imagine qu'un pauvre diable en prend encore

pour son grade, dans votre nouveau bouquin, lança le policier.

— Pourquoi dites-vous cela ? »

Walter était choqué par ce ton inamical et il remarqua que les yeux globuleux de son interlocuteur le fixaient d'un regard dur.

« Pourquoi ? Je vais vous le dire », répondit le policier.

Le téléphone sonna à ce moment. Walter s'excusa et quitta aussitôt la pièce.

« Le commissariat, à l'appareil, dit une voix au téléphone, vous êtes Mr. Streeter ? »

Walter répondit que c'était bien lui.

« Parfait, j'espère que tout va bien pour vous, Mr. Streeter ? Je vais vous dire pourquoi je vous pose cette question : je suis désolé, mais nous avons complètement oublié de faire le petit travail que vous nous aviez demandé. Manque de coordination, malheureusement...

— Mais vous avez envoyé quelqu'un, répliqua Walter.

— Non, Mr. Streeter, j'ai bien peur que non.

— Pourtant, il y a un policier ici, ici même, dans la maison. »

Après un silence, son interlocuteur reprit d'une voix moins tranquille :

« Ce ne peut être un de nos hommes. Avez-vous vu son matricule, par hasard ?

— Non. »

Il y eut un nouveau silence.

« Voulez-vous que nous vous envoyions quelqu'un, maintenant ? demanda la voix.

— Oui, s'il... s'il vous plaît...

— Très bien, nous serons là dans un instant. »

Walter raccrocha. Que fallait-il faire, à présent ? se demanda-t-il. Se barricader dans la pièce ? S'enfuir dans la rue ? Essayer de réveiller sa gouvernante ? Un policier, quel qu'il soit, est quelqu'un avec qui il faut compter : mais que faire avec un policier malfaiteur ? Un représentant de la loi devenu hors-la-loi et qui rôde en agressant les gens ! Combien de temps les vrais policiers mettraient-ils pour venir ? Que signifiaient « quelques instants », exprimés en minutes ? Tandis qu'il se posait toutes ces questions, la porte s'ouvrit et son visiteur entra dans la pièce.

« Aucune pièce n'est privée une fois qu'on a passé la porte d'entrée, dit l'homme, aviez-vous donc oublié que j'étais un policier ?

— Que vous étiez ? s'étonna Walter en s'éloignant de lui, mais vous *êtes* un policier.

— J'ai été également d'autres choses, dit l'homme, voleur, proxénète, auteur de chantages, sans parler des meurtres que j'ai commis. *Vous* devriez être au courant. »

Le policier, si tant est qu'il l'était, semblait s'approcher de lui et Walter se rendit soudain compte à quel point les petites distances pouvaient être importantes – l'espace entre le buffet et la table ou entre deux chaises.

« Je ne comprends pas ce que vous voulez dire, répondit Walter, pourquoi parlez-vous ainsi ? Je ne vous ai jamais fait aucun mal. Je ne vous ai jamais vu auparavant.

— Vraiment ? dit l'homme, mais j'étais présent dans vos pensées – il éleva la voix – et vous avez écrit sur moi. Vous vous êtes bien amusé à mes dépens, n'est-ce pas ? Eh bien, c'est à mon tour de m'amuser. Vous m'avez créé aussi malfaisant que possible et vous n'avez jamais songé que j'aie pu en souffrir ? Vous n'avez jamais cherché à savoir quel effet cela fait d'être comme moi ? Vous ne vous êtes jamais mis à ma place ? Vous n'aviez aucune pitié pour moi, n'est-ce pas ? Eh bien, je n'aurai aucune pitié pour vous.

— Mais je vous dis que je ne vous connais pas ! s'écria Walter en s'agrippant au bord de la table.

— Et maintenant, vous dites que vous ne me connaissez pas ! Vous m'avez fait tout ce mal et ensuite, vous m'avez oublié. »

Sa voix devint gémissante tandis qu'il s'apitoyait sur lui-même.

« Vous avez oublié William Stainsforth, dit-il.

— William Stainsforth !

— Oui, j'étais votre bouc émissaire, c'est bien cela ? Vous avez déchargé sur moi tout ce que vous n'aimiez pas en vous. Vous vous sentiez très bien, lorsque vous écriviez sur moi. Et maintenant, entre nous, d'un W. S. à l'autre, que devrais-je faire si je me conduisais comme le personnage que vous avez créé ?

— Je... je ne sais pas, murmura Walter.

— Vous ne savez pas ? poursuivit Stainsforth avec un sourire méprisant, vous devriez, pourtant, c'est vous qui m'avez inventé. Que ferait William Stainsforth s'il rencontrait son vieux père dans un endroit tranquille, son bon vieux père qui l'a fait balancer au bout d'une corde ? »

Walter le fixait du regard sans pouvoir répondre.

« Vous savez aussi bien que moi ce qu'il ferait », reprit Stainsforth.

Son visage changea alors d'expression, puis il lança d'une voix brusque :

« Non, d'ailleurs, vous ne le savez pas car vous ne m'avez jamais vraiment compris. Je ne suis pas aussi noir que vous m'avez dépeint. »

Il s'interrompit et une flamme d'espoir emplit le cœur de Walter.

« Vous ne m'avez jamais donné ma chance ? Eh bien, moi, je vais vous en donner une. Cela montre bien que vous ne m'avez pas compris, n'est-ce pas ? »

Walter approuva d'un signe de tête.

« Il y a également autre chose que vous avez oublié.

— Quoi donc ? demanda Walter.

— Il m'est arrivé d'être un enfant », répondit l'ex-policier.

Walter resta silencieux.

« Vous l'admettez ? reprit William Stainsforth d'un air sombre, eh bien, si vous pouvez trouver une qualité dont vous m'ayez jamais crédité – une simple pensée bienveillante – un seul trait de caractère qui puisse me racheter...

— Oui ? dit Walter en tremblant.

— Alors, je vous laisserai tranquille.

— Et si je ne peux pas ? murmura Walter.

— Dans ce cas, c'est vraiment dommage ; nous devrons nous frotter l'un à l'autre et vous savez ce que cela signifie. Vous m'avez fait manchot, mais j'ai toujours mon autre bras. "Stainsforth bras de fer", c'est ainsi que vous m'appelez. »

La respiration de Walter se fit haletante.

« Je vous donne deux minutes pour essayer de vous souvenir », avertit Stainsforth.

Ils regardèrent tous les deux la pendule. Tout d'abord, le mouvement furtif de la main de Stainsforth paralysa les pensées de Walter. Il fixa du regard le visage de cet homme, ce visage cruel, rusé, qui semblait toujours dans l'ombre comme si la lumière ne pouvait jamais l'atteindre. Il fouilla désespérément sa mémoire pour essayer de trouver le simple détail qui pourrait le sauver ; mais sa mémoire était fermée comme un poing et se refusait à lui livrer quoi que ce fût. « Il faut que j'invente quelque chose », pensa-t-il ; alors soudain, il se détendit et la dernière page du livre apparut dans son esprit comme si on l'avait photographiée. Puis, avec la rapidité et la magie d'un rêve, il vit défiler chaque page devant lui, dans une clarté parfaite jusqu'à ce qu'enfin la première page du roman fût tournée ; il se rendit compte alors, avec une force invincible, que ce qu'il cherchait n'était pas là. Dans tout ce mal qui habitait William Stainsforth, il n'y avait pas le moindre indice de bonté. À cet instant, il sentit d'une manière certaine et avec une sorte d'exultation que s'il ne témoignait pas de ce mal absolu, la cause du bien en serait trahie.

« Il n'y a rien qu'on puisse dire à votre décharge ! s'écria Walter, et de tous vos méfaits, celui-ci est le pire ! Vous voulez que je vous blanchisse, n'est-ce pas ? Mais regardez : même les flocons de neige sur vos vêtements deviennent noirs ! Comment osez-vous me demander de vous attribuer un autre caractère ? Je vous en ai déjà donné un ! Et Dieu m'a interdit de jamais prononcer un mot en votre faveur ! J'aimerais mieux mourir ! »

Le bras unique de Stainsforth se tendit.

« Dans ce cas, mourez ! » dit-il.

La police trouva Walter Streeter affalé sur la table de la salle à manger. Son corps était encore chaud, mais il était mort. Les causes de cette mort étaient claires ; on n'avait pas seulement serré sa main inerte et meurtrie, mais sa gorge également. On l'avait étranglé. Il ne restait aucune trace de son agresseur et la raison pour laquelle il avait sur lui des flocons de neige demeura mystérieuse car on n'avait pas noté la moindre chute de neige dans la région le jour du crime.

## Cynthia Asquith

# La Boutique du coin

La tâche des exécuteurs testamentaires de Peter Wood ne présentait aucune difficulté. Il avait laissé ses affaires parfaitement en ordre. La seule surprise que révéla sa table impeccablement rangée fut une enveloppe cachetée sur laquelle il avait écrit ces mots :

« Ne voulant pas être importuné par des sociétés de Recherche, quelque bien intentionnées qu'elles soient, je n'ai jamais montré à personne ce que contient cette enveloppe, mais, après ma mort, chacun sera libre de lire ce récit dont je puis témoigner qu'il est authentique. »

À l'intérieur de l'enveloppe se trouvait un manus-

crit daté de trois ans avant la mort de son auteur et qui racontait ceci :

Un soir de brouillard, à la fin d'une journée passée à mon cabinet dans une oisiveté forcée – je venais juste d'être inscrit au barreau –, je rentrai chez moi plutôt démoralisé lorsque mon regard fut soudain attiré par la vitrine illuminée d'une boutique. L'enseigne indiquait « Antiquités » et je me souvins alors que je devais un cadeau de mariage à un ami passionné de bibelots. Je tournai donc la poignée de la porte verte du magasin et l'ouvris, déclenchant ainsi le tintement guilleret d'une clochette. Puis je pénétrai dans une pièce en désordre, encombrée de tous les trésors et pacotilles qu'on trouve habituellement dans un magasin de brocante : il y avait là des armures, des bassinoires, des miroirs écaillés, des vêtements sacerdotaux, des rouets, des bouilloires de cuivre, des chandeliers, des gongs, des pièces d'échiquier et des meubles de toutes tailles et de toutes époques. Pourtant, malgré tout ce bric-à-brac, la boutique échappait à l'atmosphère obscure et poussiéreuse qui règne ordinairement en de tels lieux. Loin de paraître étouffante, la pièce était brillamment éclairée et un feu crépitant dansait dans la cheminée. À la vérité, il se dégageait de cet endroit une telle impression de chaleur et de gaieté qu'il me sembla des plus agréables, comparé au brouillard froid et humide qui sévissait au-dehors.

À mon entrée, une jeune femme et une jeune fille – à l'évidence, elles étaient sœurs – se levèrent de leurs fauteuils. Vives, énergiques et joliment habillées, elles ne ressemblaient en rien aux gens qui tiennent habituellement ce genre de commerce. On les aurait plus volontiers imaginées dans une boutique de fleurs ou une confiserie. Je saluai les deux sœurs en les remerciant intérieurement d'avoir rendu ce magasin si propre et accueillant. Leurs sourires et leurs manières affables me parurent tout à fait plaisants mais bien que fort obligeantes à me montrer tous leurs trésors en manifestant un goût et une compétence très remarquables, elles ne semblaient pas du tout empressées de me voir acheter quoi que ce fût.

Je finis par découvrir une petite pièce d'argenterie de Sheffield à un prix très raisonnable et je décidai que c'était là le cadeau à faire à mon ami. Expliquant alors que je n'avais pas assez d'argent liquide sur moi, je demandai à la sœur aînée si elle acceptait que je la paie par chèque.

« Mais très certainement, répondit-elle en me fournissant aussitôt une plume et de l'encre, voudriez-vous le libeller à l'ordre de “La Boutique du coin”, s'il vous plaît ? »

Ce fut à contrecœur que je quittai ce magasin si réconfortant pour me replonger dans le brouillard jaunâtre.

« Bonsoir, monsieur, au plaisir de vous revoir »,

lança la voix charmante de la sœur aînée, une voix si aimable que j'avais presque l'impression de m'être fait une amie.

Une semaine environ avait dû s'écouler lorsque un soir de grand froid – alors qu'une neige poudreuse me cinglait le visage et qu'un vent glacial s'engouffrait dans les rues – je me souvins, en revenant chez moi à pied, de l'accueil chaleureux qu'on m'avait réservé dans cette fort plaisante « Boutique du coin » et je décidai aussitôt d'y retourner. Je me retrouvai peu après dans cette même rue et j'arrivai bientôt à l'angle : la boutique était bien là.

J'éprouvai alors une déception tout à fait disproportionnée à l'importance de l'événement en constatant que le magasin avait l'air endormi et qu'un écriteau portait la mention : FERMÉ.

Une rafale de vent glacé siffla au coin de la rue et l'étoffe mouillée de mon pantalon battit contre mes chevilles engourdies. J'avais tant espéré retrouver la chaleur et la lumière de la boutique que je ressentis une contrariété mêlée d'agacement. D'une manière quelque peu puérile – car j'étais certain que la porte était fermée à clef –, j'attrapai la poignée et me mis à la secouer. J'eus alors la surprise de constater qu'elle tournait dans ma main, mais pas sous ma pression. La porte fut ouverte de l'intérieur et je me trouvai face au visage faiblement éclairé d'un petit homme très vieux qui semblait d'une extrême fragilité.

« Entrez donc, monsieur, je vous en prie », dit une voix douce et quelque peu chevrotante.

Puis, des bruits de pas étouffés s'éloignèrent vers l'intérieur de la boutique.

Il m'est impossible de décrire à quel point l'endroit paraissait différent. J'imagine que les plombs avaient sauté car à présent, l'obscurité de la grande pièce n'était atténuée que par deux chandelles à la flamme vacillante et dans cette lueur incertaine, la forme sombre des meubles, autrefois brillamment éclairés, se dessinait, impressionnante et mystérieuse, en projetant des ombres étranges et presque menaçantes. Le feu s'était éteint et seule une braise à peine rougeoyante témoignait qu'il avait récemment brûlé là. C'était d'ailleurs la seule trace qu'il avait laissée car il régnait dans les lieux un froid lugubre, tel que je n'en avais jamais connu auparavant. Dire d'ailleurs que ce spectacle « jetait un froid » eût été ridiculement insuffisant pour exprimer mon impression. Rétrospectivement, la rue me semblait presque agréable. Au moins, le vent glacial était-il revigorant. D'une manière ou d'une autre, le magasin était devenu à présent aussi sombre qu'il m'avait paru lumineux lors de ma première visite. J'éprouvai une très forte envie de m'en aller immédiatement, mais l'obscurité se dissipa quelque peu tandis que le vieil homme s'affairait à allumer des chandelles un peu partout.

« Voulez-vous voir quelque chose ? » demanda-t-il de sa voix chevrotante en s'approchant de moi, une bougie à la main.

Par comparaison, je le voyais maintenant distinctement, et son apparence produisit sur moi une impression indescriptible. Pendant que je l'observais, le nom de Rembrandt me traversa l'esprit. Qui d'autre aurait pu donner une idée des ombres étranges qui se projetaient sur ce visage ravagé ? On a tendance à utiliser un peu trop légèrement le mot « fatigué ». Jamais encore, je n'avais su ce qu'il peut vraiment signifier. Une lassitude aussi indicible, aussi douloureuse. Profondément enfoncés dans ce visage flétri, ses yeux semblaient aussi éteints que le feu dans la cheminée. Et comment dépeindre la fragilité livide de sa petite silhouette voûtée et tremblante ?

Les mots « poussière et cendres, poussière et cendres » me trottaient dans la tête.

À ma première visite, si vous vous souvenez bien, j'avais été surpris par la propreté inattendue de l'endroit. Or, il me vint l'idée singulière que ce vieil homme semblait avoir accumulé en lui toute la poussière qu'on aurait pu s'attendre à trouver en un tel lieu. À la vérité, il avait l'air à peine plus solide qu'un simple amas de poussière et de toiles d'araignées

qu'un souffle ou un effleurement aurait suffi à disperser.

Il était difficile d'imaginer que cet incroyable petit vieux pût être l'employé de deux jeunes femmes d'apparence si prospère.

« C'est sûrement quelque vieux serviteur qu'elles gardent auprès d'elles par charité », pensai-je.

« Voulez-vous voir quelque chose ? » répéta le vieil homme.

Sa voix n'avait guère plus d'intensité que le bruit d'une toile d'araignée qu'on déchire, mais elle exprimait une curieuse insistance, presque implorante, et ses yeux me fixaient d'un regard dévorant, malgré leur pâleur. J'avais envie de partir immédiatement. La simple proximité du vieil homme m'affligeait, me démoralisait complètement. Malgré tout, je murmurai involontairement : « Oui, merci, je vais jeter un coup d'œil » et je me surpris à suivre sa silhouette gracile, examinant avec distraction divers objets qu'éclairait la flamme vacillante de la bougie.

Le silence glacé – que seul le glissement las de ses pantoufles sur le sol parvenait à rompre – me portait sur les nerfs.

« Il fait froid ce soir, lançai-je.

— Froid, dites-vous ? Froid ? Oui, c'est vrai qu'il fait froid », répondit-il d'une voix neutre qui traduisait une parfaite indifférence.

Depuis combien d'années ce pauvre vieux bonhomme traînait-il ainsi son infortune ? pensai-je.

« Il y a longtemps que vous faites ce travail ? lui demandai-je en contemplant d'un œil morne un lit à baldaquin.

— Oh ! très, très, très longtemps. »

Il m'avait répondu à voix basse, comme dans un soupir et, en l'écoutant, j'avais l'impression que le temps n'était plus une question de jours, de semaines, de mois ou d'années, mais une longue lassitude impossible à mesurer. Et soudain, j'éprouvai une certaine rancœur contre ce vieil homme dont la mélancolie et l'épuisement me décourageaient moi-même, par contagion.

« Combien de temps, mon Dieu, combien de temps ? demandai-je d'une manière aussi désinvolte que possible, ajoutant sur un ton de moquerie tout à fait odieux : vous n'allez pas tarder à toucher votre retraite, pas vrai ? »

Il ne répondit pas.

Silencieux, il glissa vers l'autre côté de la boutique.

« Voici quelque chose de pittoresque », annonça mon guide en prenant sur une étagère une petite grenouille grotesque posée là parmi d'autres babioles. Elle semblait avoir été taillée dans une matière semblable à du jade – sans doute de la stéatite. Frappé par la bizarrerie de l'objet, je pris la grenouille de la main du vieil homme. Elle était étrangement froide.

« Elle est assez amusante, dis-je, combien vaut-elle ?

— Une demi-couronne, monsieur », murmura le vieillard en levant son regard vers moi.

À nouveau sa voix était à peine plus audible que le glissement de la poussière sur le parquet, mais il y avait dans ses yeux une lueur singulière. Était-ce de la cupidité ? Était-il possible que ce fût cela ?

« Une demi-couronne ? C'est tout ? Je l'achète, dis-je. Et pas la peine de l'envelopper, grand-père, je la mettrai dans ma poche. »

En donnant la pièce au vieillard, je touchai involontairement sa main et je faillis sursauter. J'ai dit que la grenouille était froide, mais comparée à cette peau desséchée, elle semblait plutôt tiède ! Il m'est impossible de décrire la sensation glacée que j'éprouvai à ce contact. Pauvre vieux bonhomme, pensai-je, il n'était pas en état de rester là, dans cet endroit solitaire. Je me demandai comment il se faisait que ces deux aimables jeunes femmes puissent laisser ce malheureux continuer à travailler.

« Bonsoir, lui dis-je.

— Bonsoir, monsieur, merci, monsieur », répondit-il de sa voix fragile et chevrotante.

Puis il ferma la porte derrière moi.

En me retournant vers lui tandis que j'affrontai à nouveau la neige tombante, je vis sa silhouette, à peine plus consistante qu'une ombre, qui se dessinait dans la faible lumière de la bougie. Il avait le visage tout contre la vitrine et en m'éloignant, je l'imaginai qui me suivait des yeux, fixant sur moi son regard las et patient.

Pour je ne sais quelle raison, je ne parvins pas à chasser de mon esprit l'image de ce vieux, de ce très vieil homme. Beaucoup, beaucoup plus tard, alors que j'étais dans mon lit en train de chercher le sommeil, je revis son visage ravagé, sillonné de rides, et ses grands yeux, comme deux planètes sans vie, qui me contemplaient avec insistance, d'un regard fixe dans lequel il me semblait déceler comme une supplication. En vérité, ce vieillard m'avait étrangement troublé.

Et même après que je me fus endormi, il était dans mes rêves. Hanté sans doute par l'infinie lassitude qui émanait de lui, j'essayai de le forcer à se reposer, de l'obliger à s'allonger. Mais à peine avais-je réussi à étendre sa silhouette gracile sur le lit à baldaquin – qui me semblait maintenant davantage une tombe qu'un lit, et sa courtepointe de brocart un carré de gazon – qu'il s'échappa de mes mains et se releva d'un pas chancelant pour reprendre ses déambulations d'un bout à l'autre du magasin. Je le poursuivis sans relâche, le long d'allées interminables, déli-

mitées par des rangées de meubles bizarres, et jamais je ne parvins à le rattraper.

À présent, la boutique obscure paraissait s'étendre sans fin, jusqu'à se fondre dans un espace infini, dépourvu d'air et de soleil. Enfin, épuisé, essoufflé, je m'évanouis moi-même en sombrant dans la tombe à baldaquin.

Dès le lendemain matin, un appel urgent m'éloigna de Londres. Mon père venait de tomber malade et dans l'anxiété de la semaine qui suivit, l'épisode de la Boutique du coin me sortit complètement de l'esprit. Lorsque mon père fut déclaré hors de danger, je revins dans mon lugubre logement. J'étais tristement occupé à faire l'addition des maudites factures que j'avais reçues, en me demandant où j'allais bien pouvoir trouver l'argent pour payer mon prochain terme, quand j'eus l'agréable surprise de recevoir la visite d'un de mes anciens camarades de classe, le seul ami que je comptais à Londres à cette époque. Il travaillait dans un cabinet de marchands d'art et de commissaires-priseurs parmi les plus célèbres de la capitale.

Au bout de quelques minutes de conversation, il se leva pour chercher du feu. Je lui tournais le dos et j'entendis le craquement d'une allumette, suivi du bruit caractéristique d'une pipe qu'on allume. Puis soudain, il poussa une exclamation.

« Seigneur Dieu ! s'écria-t-il, où as-tu donc déniché ça, vieux ? »

Me retournant vers lui, je vis qu'il tenait à la main l'achat que j'avais fait l'autre soir, la drôle de petite grenouille, dont j'avais presque oublié la présence sur le manteau de la cheminée.

L'examinant attentivement à l'aide d'une loupe, il la tenait devant une lampe, les mains tremblantes d'excitation.

« Mais *où* donc as-tu trouvé ça ? répéta-t-il, sais-tu seulement ce que c'est ? »

Je lui racontai en quelques mots que j'avais acheté la grenouille une demi-couronne, simplement pour ne pas repartir du magasin les mains vides.

« *Une demi-couronne !* Eh bien, mon vieux, je n'en jurerais pas, mais je crois bien que tu as eu l'un de ces incroyables coups de chance qui comptent dans une vie. À moins que je ne me trompe complètement, tu as là une pièce de jade qui date de la dynastie Hsia. Et si c'est bien cela, elle est pratiquement unique. »

Compte tenu de mon ignorance en la matière, ces paroles n'avaient pas grand sens pour moi.

« Veux-tu dire que cette grenouille vaut de l'argent ? demandai-je.

— De l'argent ? Ha ! ha ! s'exclama-t-il, mais attends un peu. Est-ce que tu veux bien me laisser faire ? Si tu m'autorises à confier cet objet à mon cabinet, ils en tireront le maximum. Je l'inscrirai à la vente de jeudi. »

Sachant que je pouvais avoir toute confiance en mon ami, je lui donnai mon accord. Il enveloppa précautionneusement la grenouille dans de l'ouate et partit aussitôt.

Le vendredi matin, j'eus le choc de ma vie. Et le mot choc ne signifie pas forcément de mauvaises nouvelles.

Je ne mentirai pas en disant que pendant quelques instants, après avoir ouvert l'enveloppe qui était à présent posée sur le plateau écaillé de mon petit déjeuner, les murs de ma chambre se mirent à tourner autour de moi. Car cette enveloppe contenait une note en provenance du cabinet Spunk, marchands d'art et commissaires-priseurs : « Vente d'une pièce de jade de la dynastie Hsia, 2 000 £, moins 10 % de commission, soit 1 800 £. » Et un chèque soigneusement plié, d'un montant de 1 800 £. Un chèque de ce montant, signé par MM. Spunk au nom de Peter Wood, accompagnait la note ! Pendant un bon moment, je restai stupéfait. Ce que mon ami m'avait dit avait fait naître en moi quelques espoirs – notamment l'espoir que ce coup de chance faciliterait le paiement de mon terme, ou même qu'il me permettrait de payer le loyer pendant toute une année –, mais il ne m'était jamais venu à l'idée que je puisse recevoir une somme aussi considérable. Se pouvait-il que ce fût vrai, ou s'agissait-il d'une monstrueuse plaisanterie ? À n'en pas douter, et pour employer l'expression la plus banale, c'était beaucoup, beaucoup trop beau pour être vrai. Généralement, ce genre de choses n'arrive qu'aux autres.

Me sentant encore tout étourdi, j'appelai mon ami. Sa voix et les chaleureuses félicitations qu'il m'adressa me confirmèrent la réalité de cette incroyable bonne fortune. Ce n'était ni une plaisanterie, ni un rêve. Moi, Peter Wood, dont le compte en banque était à découvert de 20 livres, moi qui n'avais pas d'économies, en dehors de quelques actions qui devaient se monter à 150 livres, voilà que je tenais à la main un morceau de papier d'une valeur de 1800 souverains d'or ! Je m'assis pour réfléchir, pour essayer de réaliser, pour m'habituer. Mes projets, mes difficultés, mes émotions se mêlaient en une totale confusion d'où émergeait cependant une évidence claire comme le cristal : je ne pouvais en aucun cas profiter ainsi de l'ignorance des deux jeunes femmes du magasin, pas plus que de l'incompétence du vieillard qui gardait la boutique en leur absence – et cela, quel que fût le responsable de cette erreur. Non, je ne pouvais vraiment pas accepter ce cadeau du destin simplement parce que j'avais acheté, par pur hasard, un véritable trésor qu'on m'avait fait payer une demi-couronne.

Je devais sans nul doute donner à mes bienfaitrices involontaires au moins la moitié de la somme reçue. Sinon, j'aurais eu l'impression de les voler, presque comme si j'avais cambriolé leur magasin en pleine nuit. Je me rappelai leurs visages ouverts et aimables. Ce serait tellement drôle de les étonner en leur annonçant la merveilleuse nouvelle ! J'avais très envie de me précipiter à la boutique, mais, pour une fois, j'avais une affaire à plaider et il fallait que j'aille au Palais. J'endossai donc le chèque de MM. Spunk et je l'envoyai à ma banque puis je remplis un autre chèque de 900 livres, de mon propre carnet cette fois, en le libellant à l'ordre de la Boutique du coin.

Il était tard lorsque je pus enfin quitter le tribunal et en arrivant devant le magasin, je fus déçu, mais guère surpris de lire l'écriteau : FERMÉ. Même en supposant que le vieil homme fût de garde, il n'était pas nécessaire de le voir. C'était à ses patronnes que j'avais affaire. Décidant alors de remettre ma visite au lendemain, j'allais me hâter de rentrer quand la porte s'ouvrit soudain comme si on m'avait attendu. Le vieil homme se tenait sur le seuil et m'observait dans l'obscurité.

« Puis-je faire quelque chose pour vous, monsieur ? » demanda-t-il.

Sa voix semblait encore plus chevrotante qu'auparavant. Je me rendis compte que je redoutais de le rencontrer à nouveau, mais je me sentis pourtant irrésistiblement poussé à entrer dans la boutique. L'atmosphère était aussi sinistre et froide qu'à ma précédente visite et je ne pus m'empêcher de frissonner. Plusieurs bougies brûlaient : de toute évidence, elles venaient juste d'être allumées. Dans la faible lumière qu'elles diffusaient, je vis le regard interrogateur du vieil homme fixé sur moi. Quel visage ! Je ne m'étais pas exagéré son étrangeté. Jamais encore, je n'avais vu quelqu'un d'aussi singulier, d'aussi saisissant. Il ne fallait pas s'étonner qu'il eût hanté mes rêves. À présent, je souhaitais qu'il n'eût jamais ouvert la porte !

« Voulez-vous voir quelque chose, ce soir, monsieur ? interrogea-t-il de sa voix tremblotante.

— Non merci, je suis venu au sujet de cette grenouille que vous m'avez vendue l'autre jour. J'ai découvert qu'elle avait une grande valeur. Voudriez-vous dire à votre patronne que je viendrai demain lui apporter une somme d'argent qui sera plus en rapport avec son prix réel ? »

Tandis que je prononçais ces paroles, un merveilleux sourire éclaira le visage du vieillard. J'emploie le mot « sourire » faute de mieux, mais comment traduire la beauté de cette indéfinissable expression qui transfigura son visage usé par le temps ? Tendresse triomphale ; joie paisible ; ravissement. À quel mystère étais-je en train d'assister ? C'était comme glace fondant au soleil – le malheur se dissipait sous l'effet d'une ineffable rédemption qui rayonnait comme une aurore. Pour la première fois de ma vie, j'avais une vague idée de ce que pouvait signifier le mot « béatitude ».

Je ne puis décrire l'impression que je ressentis. Ce fut, d'une certaine manière, un instant de débordement. Le temps s'était arrêté et je pris conscience de choses infinies.

Le silence fut alors rompu par le déclenchement du mécanisme d'une vieille horloge qui s'apprêtait à sonner. Je me retournai et aperçus l'une de ces magnifiques pièces d'artisanat médiéval : c'était une horloge ancienne de Nuremberg. D'une niche située sous son cadran orné de motifs délicatement peints, émergèrent des figurines typiques dont l'une frappait une cloche tandis que les autres dansaient sagement tous les pas compliqués d'un menuet. Je ne pouvais détacher mes yeux de ce ravissant spectacle, et je ne tournai à nouveau la tête que lorsque les derniers échos du carillon se furent envolés dans le silence.

Je me rendis compte alors que j'étais seul.

Le vieil homme avait disparu. Surpris qu'il fût parti, je regardai partout dans la boutique. Curieusement, le feu que je pensais éteint s'était ravivé et flambait d'une manière tout à fait inattendue en projetant une clarté réconfortante. Mais ni la lumière des flammes, ni celle des bougies ne révéla la moindre trace du vieillard.

« Ohé ! Où êtes-vous ? » demandai-je.

Mais il n'y eut pas de réponse. On n'entendait que le tic tac des horloges et le crépitement du feu. Je fis le tour de la pièce en regardant même dans le lit à baldaquin que j'avais vu en rêve. Puis je remarquai qu'il y avait une autre petite pièce, juste à côté. Je pris une bougie et y entrai. À l'autre bout, je découvris un petit escalier en colimaçon qui menait à une galerie. Le vieil homme était sans doute remonté dans sa tanière. Je décidai de le suivre et j'avançai à tâtons jusqu'au pied de l'escalier que je commençai à monter ; mais les marches craquaient sous mes pieds et je me rendis compte que la charpente n'était guère solide. Il y eut alors un courant d'air glacial et ma bougie s'éteignit. Des toiles d'araignées balayèrent mon visage, et rien vraiment ne m'incitait à aller plus loin. J'abandonnai donc.

D'ailleurs quelle importance cela pouvait-il avoir ? Si le vieillard avait envie de se cacher, libre à lui !

Je lui avais donné le message à transmettre. Autant valait qu'il fût parti. La boutique, dans laquelle j'étais revenu, était à présent tiède et accueillante. Pourquoi donc l'avais-je trouvée sinistre auparavant ? Ce fut à regret que je quittai le magasin. Je me sentais contrarié. J'avais envie de revoir ce visage radieux. Quel singulier vieillard ! Comment avais-je pu m'imaginer que j'en avais peur ?

Le lendemain, un samedi, j'étais libre d'aller directement à la boutique. Tout au long du chemin, mon esprit fut occupé à imaginer par avance l'excellent accueil que les deux sœurs reconnaissantes ne manqueraient pas de me réserver. Lorsque le ding-dong de la clochette annonça mon entrée, les deux femmes, fort affairées à épousseter leurs bibelots, se tournèrent vers la porte pour voir qui venait leur rendre visite de si bonne heure. En me reconnaissant, elles me saluèrent aimablement mais – à ma grande surprise – sans manifester plus d'empressement que si j'avais été une simple connaissance.

Le conte de fées qui nous unissait m'avait laissé augurer d'un tout autre accueil. J'en conclus qu'elles ne connaissaient pas encore la nouvelle et lorsque je leur annonçai que j'avais apporté le chèque, leur réaction me confirma que j'avais bien deviné. Elles semblèrent fort surprises en effet.

« Quel chèque ?

— Au sujet de la grenouille que j'ai achetée l'autre jour.

— La grenouille ? Quelle grenouille ? Je me rappelle seulement que vous avez acheté une pièce d'argenterie de Sheffield. »

Elles n'étaient donc même pas au courant de ma deuxième visite au magasin ! Je leur racontai toute l'histoire depuis le début. Elles en restèrent stupéfaites ; l'aînée des deux sœurs paraissait abasourdie.

« Mais je ne comprends pas ! Je ne comprends

pas ! répéta-t-elle, Holmes, notre vieux gardien, n'est pas censé faire entrer quiconque dans la boutique en notre absence – et encore moins vendre quoi que ce soit. Il vient seulement les soirs où nous partons de bonne heure et il reste jusqu'à ce que le policier de service prenne son poste. Je ne peux pas croire qu'il vous ait fait entrer et qu'il vous ait vendu quelque chose sans même nous le dire. C'est vraiment extraordinaire ! Quelle heure était-il ?

— Je pense qu'il devait être six heures environ.

— Il s'en va généralement à cinq heures et demie, assura la jeune femme, mais je suppose que le policier était en retard.

— Il était encore plus tard lorsque je suis passé hier.

— Vous êtes revenu ? » demanda-t-elle.

Je lui résumai en quelques mots la visite que j'avais faite la veille, en expliquant que j'avais demandé au gardien de leur transmettre le message.

« C'est incroyable ! s'exclama-t-elle, je n'y comprends rien. Mais nous allons bientôt savoir ce qu'il en est, je l'attends d'un moment à l'autre. Il vient tous les matins pour balayer le parquet. »

À la pensée de rencontrer à nouveau le vieil homme, je sentis un frisson d'excitation. À quoi ressemblait-il, à la lumière du jour ? Est-ce que je le verrais sourire une nouvelle fois ?

« Il est très vieux, n'est-ce pas ? demandai-je.

— Vieux ? Oui, c'est vrai, il commence à prendre de l'âge, mais son travail est très facile à faire. C'est un brave homme très honnête, et je n'imagine pas qu'il puisse faire quelque chose en cachette. J'ai bien peur que nous n'ayons pas tenu notre catalogue très à jour, ces derniers temps. Se peut-il qu'il vende des babioles pour son propre compte ? Je n'arrive pas à le croire ! Au fait, vous rappelez-vous où se trouvait cette grenouille ? »

Je lui désignai l'étagère sur laquelle le gardien avait pris l'objet de jade.

« Ah ! elle était dans ce lot que j'ai acheté pour presque rien l'autre jour ? Je n'ai encore rien trié là-dedans, ni fixé aucun prix. Mais je ne me souviens pas d'une grenouille. Toute cette histoire est invraisemblable ! »

Le téléphone sonna à cet instant. Elle alla décrocher.

« Allô ? Oui. Miss Wilson, à l'appareil. Oui, Mrs. Holmes, que se passe-t-il ? »

Elle resta silencieuse quelques secondes, l'air étonné, puis :

« Mort ? dit-elle, *mort ?* Mais comment ? Pourquoi ? Oh ! je suis désolée ! »

Elle ajouta quelques mots, puis raccrocha le combiné et se tourna vers sa sœur et moi, les yeux pleins de larmes.

« Bessie, dit-elle à sa sœur, ce pauvre vieux

Holmes est mort. Quand il est rentré à la maison hier, il s'est plaint d'avoir mal et il est mort en pleine nuit d'une crise cardiaque. Personne ne pensait qu'il puisse être malade. Pauvre Mrs. Holmes ! Que va-t-elle faire à présent ? Il faut tout de suite aller la voir ! »

Les deux sœurs étaient si bouleversées que je jugeai préférable de m'en aller.

Quant à moi, l'étrange vieillard m'avait à ce point impressionné que je me sentis profondément ému par sa mort soudaine. Curieusement, en dehors de sa femme, j'aurais été la dernière personne à lui avoir parlé. De toute évidence, il avait commencé à avoir mal lorsque j'étais encore là. C'était la raison pour laquelle il était parti si brusquement sans dire un mot. L'idée de sa mort prochaine avait-elle déjà effleuré sa conscience ? Ce sourire merveilleux, inexplicable, était-ce le début de l'apaisement qui dépasse toute compréhension ?

Le lendemain, je revins voir Miss Wilson et je lui racontai en détail comment mon ami en était venu à vendre la grenouille, puis je lui offris le chèque que j'avais libellé à son ordre. Je me heurtai alors à une opposition inattendue. Les deux sœurs ne voulaient pas accepter l'argent. Il était entièrement à moi, disaient-elles. Et d'ailleurs, elles n'en avaient pas besoin.

« Mon père a exercé ce métier avec un flair qui

confinait au génie, m'expliqua l'aînée, et il a gagné une véritable fortune. Lorsqu'il est devenu trop vieux pour continuer à tenir la boutique, nous l'avons remplacé, en partie par un attachement sentimental, et en partie pour nous occuper. Mais nous n'avons pas besoin de faire de bénéfices. »

Finalement, je parvins à les convaincre de prendre le chèque, ne fût-ce que pour en distribuer le montant aux œuvres de charité qu'elles souhaitaient aider. Lorsque l'affaire fut réglée, j'en éprouvai un grand soulagement.

L'extraordinaire épisode de la grenouille de jade créa un lien entre nous et, au gré de notre discussion autour du chèque, nous devînmes très amis. Je pris alors l'habitude d'aller les voir très souvent, en attachant une grande importance à cette camaraderie.

Je n'avais jamais oublié l'impression que m'avait faite le vieil homme et j'interrogeai souvent les deux sœurs au sujet de leur malheureux employé, mais elles n'avaient pas grand-chose d'intéressant à me dire sur lui. Elles me le décrivaient simplement comme un « brave homme » qui avait été au service de leur père pendant des années et des années. Aucune autre lumière ne vint éclairer la mystérieuse vente de la grenouille. Et bien entendu, elles ne voulaient poser aucune question à sa veuve concernant cette affaire.

Un soir, alors que je prenais le thé dans l'arrière-boutique en compagnie de la sœur aînée, je trouvai un album de photographies. J'en tournai les pages et j'y découvris un cliché du vieil homme tout à fait ressemblant. J'avais à nouveau devant les yeux cet étrange visage, si saisissant ; mais de toute évidence, la photo avait été prise bien longtemps avant ma rencontre avec lui. Ses joues étaient plus charnues et il n'avait pas encore cette apparence fragile et infiniment lasse dont je me souvenais. Mais quels yeux magnifiques ! Il y avait, à n'en pas douter, quelque chose d'extraordinairement impressionnant chez cet homme.

« Quelle belle photo de ce pauvre Holmes, dis-je à la jeune femme.

— Une photo de Holmes ? Je ne savais pas qu'il y en avait une. Faites voir ? »

Comme je lui tendais l'album, Bessie, sa sœur cadette, passa la tête dans l'encadrement de la porte restée ouverte.

« Je m'en vais au cinéma, maintenant, annonça-t-elle. Papa vient juste de téléphoner pour dire qu'il passera dans cinq minutes jeter un coup d'œil à ce buffet Sheraton.

— Parfait, Bessie, je serai là, et très heureuse d'avoir l'avis de papa, répondit Miss Wilson en prenant l'album.

— Je ne vois aucune photo de Holmes », dit-elle alors.

Je lui désignai le cliché, en haut de la page.

« Çà ! s'exclama-t-elle, mais c'est mon cher père !

— Votre *père ?* m'écriai je interloqué.

— Oui, et je ne peux imaginer deux personnes plus dissemblables. Il devait faire très sombre quand vous avez vu Holmes !

— Oui... oui, il faisait très sombre, en effet », répondis-je aussitôt pour me donner le temps de réfléchir.

J'étais stupéfait. L'obscurité, si épaisse qu'elle fût, ne suffisait pas à expliquer une telle méprise. Il n'y avait pas le moindre doute : l'homme que j'avais pris pour le gardien était bien celui dont j'avais la photo sous les yeux. C'était incroyable, inexplicable !

Son père ! Pour quelle raison se serait-il donc trouvé dans la boutique à l'insu de ses filles ? Et pourquoi avait-il caché l'achat de la grenouille ? Et lorsqu'il avait appris sa valeur, pourquoi avait-il laissé croire aux deux jeunes femmes que c'était Holmes, le gardien, qui l'avait vendue ?

Avait-il eu honte d'avouer sa propre erreur ? Ou se pouvait-il que les deux jeunes femmes ne lui aient jamais raconté la suite de l'histoire ? Peut-être ne voulaient-elles pas qu'il fût mis au courant du chèque que je leur avais donné ? Dans quel extraordinaire imbroglio familial avais-je donc mis les pieds ? De toutes manières, que le secret eût été gardé par lui ou par elles, cela ne me concernait pas et je ne voulais trahir personne. Il fallait que je tienne ma langue.

La plus jeune des deux sœurs avait dit que leur père n'allait pas tarder à arriver. Me reconnaîtrait-il comme son client ? Si oui, la situation pouvait devenir embarrassante.

« Il a un visage magnifique, dis-je timidement.

— N'est-ce pas ? approuva-t-elle avec un empressement ravi, il semble si intelligent et si solide, ne trouvez-vous pas ? Je me souviens de l'époque à laquelle cette photo a été prise. C'était juste avant qu'il ne se mette à la religion. »

Elle avait prononcé cette dernière phrase comme s'il se fût agi d'une terrible maladie.

« Il est devenu très religieux tout d'un coup ? demandai-je.

— Oui, répondit-elle avec une certaine réticence, mon pauvre père ! Il s'est lié d'amitié avec un prêtre et, de ce jour, il a changé du tout au tout. Il n'a plus jamais été le même. »

La voix de la jeune femme s'était brisée, et j'avais le sentiment qu'à ses yeux son père n'avait plus toute sa raison. Fallait-il voir là l'explication de toute cette affaire ? En ces deux occasions où je l'avais rencontré, divaguait-il physiquement et mentalement ?

Je me hasardai à poser une question :

« Est-ce que son goût pour la religion l'a rendu malheureux ? »

J'étais très curieux, en effet, d'en savoir davantage sur les raisons profondes de son étrange comportement la première fois que je l'avais vu.

« Oh ! oui, terriblement... »

Les yeux de la jeune femme étaient pleins de larmes.

« C'était... »

Elle hésita, puis, après m'avoir jeté un regard, elle poursuivit :

« Il n'y a pas de raison que je ne vous en parle pas. Je vous considère comme un ami véritable. Mon pauvre père s'est persuadé qu'il avait commis des fautes graves et il n'est jamais parvenu à apaiser sa conscience. Vous vous rappelez que je vous ai parlé de son flair extraordinaire ? En fait, il a bâti sa fortune sur trois coups de chance fabuleux. Ce même genre de coup de chance que vous avez eu l'autre jour. C'est pourquoi, d'ailleurs, j'ai décidé de vous en parler. Il y a là une si extraordinaire coïncidence... »

Elle se tut un instant.

« Continuez, je vous en prie, lui demandai-je.

— Eh bien voilà, reprit-elle. En trois occasions différentes, il a acheté pour quelques shillings des objets d'une immense valeur. Mais contrairement à vous, *lui* était conscient de ce qu'il faisait et il ne fut pas le moins du monde surpris de tirer de leur vente de confortables bénéfices. L'autre différence avec vous, c'est qu'il ne s'est jamais senti l'obligation de le faire savoir aux ignorants qui avaient ainsi jeté par les fenêtres de véritables trésors. Et après tout, la plupart des antiquaires auraient agi de même, n'est-ce pas ? ajouta-t-elle, sur la défensive. C'est ainsi que mon père a constitué l'essentiel de sa fortune... Des années plus tard, il a rencontré ce prêtre et à partir de cette époque, son comportement est devenu quelque peu... morbide. Il s'est convaincu que sa richesse reposait sur ce qui n'était en fait qu'un vol pur et simple, et il s'est reproché amèrement d'avoir exploité la naïveté de ces trois personnes. Pour comble de malheur, il apprit par la suite ce qui avait fini par arriver à ceux qu'il appelait ses "victimes" : ses trois clients étaient morts dans la misère. Cette découverte acheva de le plonger dans une irrémédiable affliction. Deux de ces hommes étaient morts sans enfants et comme ils n'avaient aucune famille, mon père ne pouvait pas réparer ses torts auprès de leurs héritiers. Quant au troisième homme, il avait un fils dont on retrouva la trace en Amérique ; mais ce fils, à son tour, était mort sans enfants. Il n'y avait donc personne que mon pauvre père pût dédommager en guise de compensation. Or, c'était cela qui lui tenait au cœur : réparer le préjudice subi. Cet échec le tourmenta de plus en plus et finit par faire chavirer sa raison. L'emprise de la religion se renforçait en lui et une idée bizarre s'installa dans sa tête, c'était devenu une véritable obsession. "Si on ne peut faire soi-même une bonne action, disait-il, il faut donner l'occasion à quelqu'un d'autre d'en faire une à sa place – de donner la réplique, en quelque sorte. À chacun de nos péchés, le Christ est à nouveau crucifié. Et puisque j'ai péché par trois fois contre lui, il faut que je provoque trois bonnes actions qui équilibreront mes propres fautes. Il n'y a pas d'autre moyen de racheter mes crimes contre le Christ, car ce sont bel et bien des crimes que j'ai commis." Et il était tout à fait inutile d'essayer de le raisonner en lui assurant qu'il avait simplement fait ce que presque tout le monde aurait fait à sa place. "Les autres ont leur propre jugement ; quant à moi, je sais que j'ai mal agi", marmonnait-il. Et il s'attacha de plus en plus à cette idée de... d'expiation qui devint une véritable folie religieuse ! Il était bien décidé à trouver trois êtres humains qui, par leurs bonnes actions, *annuleraient*, pour ainsi dire, le mal qu'il avait fait à la Divinité. Il s'attacha alors à découvrir des objets d'art d'aspect insignifiant qu'il proposait pour quelques shillings. Mon pauvre vieux père ! Je n'oublierai jamais sa joie quand un client lui rapporta un jour un vase qu'il avait acheté pour cinq shillings et dont il avait appris qu'il valait 600 livres. "Vous avez dû commettre une erreur", avait dit l'homme. Exactement ce que vous avez fait vous-même, soyez-en remercié ! Cinq ans plus tard, il se produisit un fait semblable et il rayonnait littéralement. Deux de ses crimes avaient ainsi été annulés, il avait donc expié aux deux tiers ! Suivirent alors des années de déception et de découragement. “Je ne connaîtrai jamais le repos, disait-il, jamais, jamais, tant que je n'aurai pas trouvé le troisième.”

La jeune femme se mit à pleurer.

« Oh ! si seulement *vous* étiez venu plus tôt », murmura-t-elle en cachant son visage dans ses mains.

Le ding-dong de la clochette résonna dans la boutique.

« Comme il a dû souffrir ! dis-je, je suis si heureux d'avoir eu la chance d'être le troisième. Est-il satisfait, à présent ? »

Elle laissa retomber ses mains et me fixa du regard.

J'entendais des pas approcher.

« Je suis ravi de pouvoir le rencontrer à nouveau, dis-je.

— Le rencontrer ? répéta-t-elle avec une expression surprise tandis que les bruits de pas venaient vers nous.

— Oui, je puis rester et revoir votre père, n'est-ce pas ? J'ai entendu votre sœur dire qu'il serait bientôt là.

— Oh ! je comprends ! s'exclama-t-elle, vous voulez parler du père de Bessie. Mais Bessie et moi ne sommes que des demi-sœurs. Mon père à moi, le pauvre, est mort il y a bien des années. »

## Rosemary Timperley

# Rencontre à Noël

Je n'ai encore jamais passé Noël seule jusqu'à maintenant.

J'éprouve un étrange sentiment à rester ainsi assise dans ma « chambre meublée », la tête pleine de fantômes, et la pièce elle-même pleine de voix du passé. J'ai l'impression de me noyer dans tous ces Noëls d'autrefois qui reviennent à ma mémoire dans une folle confusion : les Noëls de mon enfance, avec toute la famille réunie, un sapin devant la fenêtre, les pièces de six pence dans le pudding, et, dans l'aube obscure, les merveilles qui m'attendent au fond des chaussettes pendues dans la cheminée. Les Noëls de mon adolescence, avec mon père, ma mère, le froid glacial et les lettres de l'étranger. Mon premier vrai Noël d'adulte, avec un amant – la neige, l'enchantement, le vin rouge, les baisers, et la promenade au-dehors, juste avant minuit, le sol si blanc, les étoiles brillantes comme des diamants dans le ciel noir – il y a eu tant de Noëls au long des années.

Et aujourd'hui, mon premier Noël seule.

Pas tout à fait seule, pourtant. J'ai comme un sentiment de camaraderie pour tous les solitaires de Noël – ils sont des millions –, ceux du passé, ceux d'aujourd'hui. Le sentiment qu'en fermant les yeux, il n'y aura plus ni passé, ni avenir, mais seulement un présent sans fin qui est le temps lui-même, la seule chose que nous aurons jamais.

Eh oui ! quelque cynique et athée qu'on puisse être, on ne peut s'empêcher de se sentir mal à l'aise lorsqu'on est seul à Noël.

C'est pourquoi, d'une manière quelque peu absurde, je me sens soulagée lorsque le jeune homme entre dans ma chambre. Il n'y a rien de romantique là-dedans – je suis une femme de presque cinquante ans, une maîtresse d'école, vieille fille, aux cheveux châtains, coiffés strictement et aux yeux de myope qui furent beaux jadis ; lui, c'est un jeune homme de vingt ans, habillé d'une manière plutôt originale, avec une cravate flottante couleur lie-de-vin et une veste de velours noir ; ses boucles brunes supporteraient aisément un coup de ciseau. Le côté un peu efféminé

de ses vêtements est démenti par son visage – il a des yeux bleus, rapprochés, au regard scrutateur, un nez et un menton proéminents, presque arrogants. Il ne paraît pas très robuste, cependant. Sa peau fine, tendue sur ses traits saillants, est très blanche.

Il entre en trombe dans la pièce, sans frapper, puis s'immobilise.

« Je suis vraiment désolé, dit-il, je croyais que c'était ma chambre. »

Il fait alors un mouvement pour sortir, mais se ravise.

« Vous êtes seule ? demande-t-il.

— Oui.

— C'est... bizarre d'être seul à Noël, non ? Puis-je rester pour bavarder un peu ?

— J'en serais ravie. »

Il revient dans la pièce et s'assied près du feu.

« J'espère que vous ne croyez pas que je suis entré ici exprès. Je pensais vraiment que c'était ma chambre, explique-t-il.

— Je suis très contente que vous vous soyez trompé. Mais vous me semblez bien jeune pour être seul à Noël.

— Je n'ai pas voulu retourner à la campagne, chez mes parents. Cela interromprait mon travail. Je suis écrivain.

— Je comprends... »

Je ne puis m'empêcher d'esquisser un sourire.

Voilà donc la raison de sa tenue peu ordinaire. Et il se prend au sérieux, ce jeune homme !

« Chaque moment est précieux, lorsqu'on écrit, il s'agit de ne pas perdre de temps..., dis-je avec un soupçon d'ironie.

— Oh ! non, pas un seul instant ! C'est ce que ma famille ne comprend pas. Ils ne savent pas ce que signifie l'urgence.

— Les familles ne comprennent jamais le tempérament artistique.

— C'est vrai, pas moyen de leur faire comprendre, dit-il d'un ton très sérieux.

— Qu'est-ce que vous écrivez ?

— De la poésie et un journal mélangés. Ça s'appelle *Mes Poèmes et Moi*, par Francis Randel. C'est mon nom. Mes parents disent que c'est absurde d'écrire, que je suis trop jeune pour ça. Mais je ne me sens pas jeune. Parfois même, j'ai l'impression d'être un vieil homme à qui il reste encore trop à faire avant sa mort.

— Emporté de plus en plus vite par la roue de la créativité.

— C'est ça ! C'est exactement ça ! Vous avez compris ! Il faudra que vous lisiez ce que j'écris, un de ces jours. Lisez ce que j'écris, s'il vous plaît ! Lisez ce que j'écris ! »

Une sorte de désespoir dans sa voix, une expression de peur dans son regard m'inspirent cette réponse :

« Je crois que nous sommes beaucoup trop sérieux pour un soir de Noël. Je vais vous faire un peu de café. Et j'ai aussi du gâteau aux raisins. »

Je me lève, je prends des tasses et je verse quelques cuillerées de café moulu dans ma cafetière. Mais je l'ai sans doute vexé, car lorsque je me retourne, le jeune homme n'est plus là. Je me sens ridiculement déçue.

J'achève malgré tout de préparer le café, puis je m'approche des étagères fixées à l'un des murs de ma chambre. Elles sont surchargées de livres ; ma logeuse s'est d'ailleurs répandue en excuses à ce propos.

« J'espère que les livres ne vous dérangent pas, mademoiselle, m'a-t-elle dit lorsque j'ai emménagé, mon mari ne veut pas s'en défaire, et il n'y a pas de place pour les mettre ailleurs. Nous avons un peu diminué le loyer de la chambre pour cette raison.

— C'est très bien comme ça, ai-je répondu, les livres sont d'excellents compagnons. »

Ces livres-là, cependant, n'ont rien de très engageant. J'en prends un au hasard. Ou est-ce un étrange destin qui guide ma main ?

En buvant mon café et en fumant une cigarette, je commence à lire ce petit volume à la reliure usée. Je vois qu'il a été publié à Spring, en 1852. C'est sur-

tout de la poésie – plutôt immature mais très vivante. Puis il y a une sorte de journal. Plus réaliste, moins affecté. Par curiosité, je regarde ce qui est écrit au jour de Noël 1851, pour voir ce que l'auteur a vécu à ce moment-là ; il y a peut-être quelque parallèle amusant avec ma propre situation ce soir. Je lis :

« C'est le premier Noël que je passe tout seul. Il est arrivé quelque chose de bizarre. Quand je suis rentré chez moi au retour d'une promenade, j'ai vu une femme d'âge mûr dans ma chambre. J'ai cru tout d'abord que je m'étais trompé de chambre, mais ce n'était pas le cas ; un peu plus tard, après avoir agréablement bavardé avec elle, elle a... disparu. J'imagine qu'il devait s'agir d'un fantôme. Mais je n'ai éprouvé aucune frayeur. Elle m'a paru très sympathique. Ce soir, je ne me sens pas très bien. Pas bien du tout. Je n'étais encore jamais tombé malade un soir de Noël. »

Une note de l'éditeur suivait cette dernière page :

*Françis Randel est mort subitement d'une crise cardiaque la nuit de Noël 1851. La femme qu'il mentionne à l'ultime page de son journal est la dernière personne à l'avoir vu vivant. Et malgré plusieurs tentatives pour l'inviter à se faire connaître, cette femme ne s'est jamais manifestée. Son identité reste un mystère.*

E. F. Benson

# Dans le métro

« Ce n'est qu'une convention, dit joyeusement Anthony Carling, et guère convaincante. Le Temps, vraiment ! En réalité, il n'y a pas de Temps ; il n'a aucune existence véritable. Le Temps n'est rien de plus qu'un point infinitésimal dans l'éternité, tout comme l'espace n'est lui-même qu'un point minuscule dans l'infini. Au mieux, le Temps est une sorte de tunnel dans lequel nous avons coutume de croire que nous voyageons. C'est un vrombissement dans nos oreilles et une obscurité devant nos yeux qui nous donnent l'impression de sa réalité. Mais avant d'entrer dans ce tunnel, nous existions depuis toujours dans une lumière infinie, et lorsque nous l'aurons traversé, nous retrouverons cette lumière infinie. Alors pourquoi devrions-nous nous soucier de la confusion, du bruit et de l'obscurité qui ne nous entourent que pour un moment ? »

Pour quelqu'un qui croit en des idées aussi incommensurables – ponctuées en la circonstance à grands coups d'un tisonnier qu'il remuait avec vigueur dans les braises d'un feu étincelant –, Anthony a une façon très agréable de percevoir ce qui est mesurable et fini, et je ne connais personne qui manifeste un si bel enthousiasme pour la vie et les plaisirs qu'elle peut dispenser. Ce soir-là, il nous avait offert un remarquable dîner en nous donnant à boire un porto d'une excellence au-delà de tout éloge ; son optimisme contagieux avait fait le reste, illuminant ces heures de fête d'une clarté inoubliable. Ses quelques invités étaient à présent repartis, et je me retrouvais seul avec lui, devant le feu qui brûlait dans la cheminée de son bureau. Au-dehors, le martèlement de la neige fondue que le vent projetait contre les carreaux dominait par instants le crépitement des flammes. J'eus une pensée pour les derniers invités qui avaient dû affronter les rafales glacées soufflant sur Brompton Square et parcourir à la hâte les trottoirs enneigés, à la recherche d'un taxi dont la chaussée glissante rendrait la trajectoire incertaine ; le délicat privilège d'avoir été invité à passer la nuit dans la maison ne m'en parut que plus délicieux encore.

Et surtout, il y avait cet ami si envoûtant, si stimulant, qui exerçait toujours une véritable fascination sur quiconque l'écoutait, qu'il évoquât les grandes abstractions devenues pour lui si intensément réelles et familières, ou ses étonnantes expériences dans le domaine de l'espace et du temps.

« J'adore la vie, dit-il, c'est le jouet le plus passionnant que je connaisse. C'est un jeu merveilleux ; or, tu le sais aussi bien que moi, la seule bonne façon de jouer à un jeu, c'est de le considérer le plus sérieusement possible. Si tu te dis : "Ce n'est qu'un jeu", tu cesses aussitôt d'y trouver le moindre intérêt. Tu dois savoir que c'est seulement un jeu mais en faisant comme si c'était la chose la plus importante de l'existence. J'aimerais que ce jeu dure des années et des années, mais en même temps, il faut vivre dans la dimension réelle qui est celle de l'éternité et de l'infinité. Quand on y pense, la seule notion que l'esprit humain soit incapable de saisir, c'est le fini, et non pas l'infini, le temporel et non pas l'éternel.

— C'est plutôt paradoxal, dis-je.

— Simplement parce que tu t'es habitué à penser à ce qui est limité dans le temps et dans l'espace. Mais regarde un peu les choses en face. Essaie d'imaginer un Temps et un Espace finis et tu t'apercevras que c'est impossible. Remonte à un million d'années en arrière et multiplie ce million par un autre million, tu verras alors que tu ne peux pas concevoir un début au temps. Car que se serait-il passé avant ce début ? Il y aurait eu un autre début, et un autre encore ? Et avant cela ? Envisage le problème sous cet angle et tu en concluras que la seule solution possible, c'est qu'il existe une éternité qui n'a jamais commencé et qui ne finira jamais. C'est la même chose en ce qui concerne l'espace. Projette-toi sur l'étoile la plus lointaine : qui y a-t-il au-delà ? Le vide ? Élance-toi alors dans ce vide : il te sera impossible d'imaginer qu'il soit fini et qu'il ait une limite. Il existe indéfiniment, c'est la seule chose que l'on puisse concevoir. Avant et après n'existe pas, pas plus que le début et la fin, et quel réconfort ! Je vivrais dans un tourment permanent si l'on ne pouvait poser sa tête sur cet immense oreiller bien moelleux de l'éternité. Certains disent – je crois même que je t'ai entendu l'affirmer toi-même – que l'idée d'éternité est épuisante ; il y a un moment où on veut s'arrêter. Mais c'est parce que ces gens-là pensent à l'éternité en terme de Temps et qu'ils ressassent dans leur tête : "Et après, et après ?" Ne peuvent-ils donc comprendre que dans l'éternité, il n'y a pas d'"après", pas plus qu'il n'y a d'"avant" ? C'est tout un. L'Éternité n'est pas une quantité, c'est une qualité. »

Parfois, quand Anthony parle de cette façon, j'ai l'impression d'entrevoir vaguement ce qui, dans son esprit, est si limpide et si solidement réel ; d'autres fois (n'ayant guère de facilité à concevoir les abstractions), j'ai l'impression qu'il me pousse dans un précipice, et mes facultés intellectuelles cherchent alors désespérément à se raccrocher à quelque chose de tangible et de compréhensible. C'était le cas à présent, et je me hâtai de l'interrompre.

« Mais il y a un "avant" et un "après", dis-je, il y a quelques heures, tu nous as offert un merveilleux dîner et après cela – oui, après –, nous avons joué au bridge. Et maintenant, tu vas m'expliquer les choses un peu plus clairement et après, j'irai me coucher. »

Il éclata de rire.

« Tu feras ce qui te plaira, répondit-il, et tu ne seras pas l'esclave du Temps, ni ce soir, ni demain matin. Nous ne fixerons même pas d'heure pour le petit déjeuner, mais tu l'auras dans l'éternité dès que tu te réveilleras. Et puisque je vois qu'il n'est pas encore minuit, nous allons nous défaire du Temps et parler indéfiniment. Je vais arrêter la pendule, si cela peut t'aider à te débarrasser de ton illusion et ensuite, je te raconterai une histoire qui, à mon sens, montre bien à quel point les soi-disant réalités sont en fait irréelles ; ou qui montre au moins combien nos sens peuvent se tromper en jugeant de ce qui est réel et de ce qui ne l'est pas.

— Une histoire surnaturelle ? Quelque chose qui fait peur ? demandai-je en dressant l'oreille, car Anthony avait parfois de très étranges clairvoyances et pouvait voir des choses qui échappent généralement à un œil normal.

— Je pense qu'on peut parler de surnaturel, en partie tout au moins, dit-il, bien qu'il s'y mélange des éléments de réalité, et d'une réalité plutôt sombre.

— Alors, vas-y, ça me paraît une excellente mixture », assurai-je.

Il jeta une nouvelle bûche dans le feu.

« C'est une longue histoire, dit-il, et tu peux m'interrompre quand tu voudras si tu en as assez. Mais elle met en relief une chose à laquelle je te demande de réfléchir. Toi qui t'accroches tant à la notion d'"avant" et d'"après", est-ce qu'il t'est déjà arrivé de penser à quel point il est difficile de dire *quand* un événement se produit ? Prenons un homme qui commet un crime, est-ce qu'on ne peut pas dire, sans courir grand risque de se tromper, qu'il commet réellement ce crime au moment où il le conçoit et où il décide d'une manière définitive de passer à l'action, en en réglant les moindres détails avec délectation ? Je crois qu'on peut raisonnablement soutenir que le crime lui-même n'est que la simple conséquence matérielle de la décision de l'assassin : celui-ci est coupable dès qu'il prend cette décision. Par conséquent, en termes d'"avant" et d'"après", à quel moment le crime a-t-il réellement lieu ? Il y a aussi dans mon histoire quelque chose que je t'invite à méditer. Il semble certain que l'esprit de cet homme, après la mort de son corps, soit obligé d'accomplir à nouveau son crime mais sans doute, cette fois, à la lumière du remords qu'il en éprouve et de sa rédemption finale. Ceux qui ont un don de double vue ont assisté à de telles actions revécues. Peut-être cet homme a-t-il commis son méfait aveuglément dans sa vie matérielle ; mais quand son esprit le commet à nouveau, c'est avec un regard spirituel qui lui permet d'en comprendre l'énormité. Dans ce cas, ne peut-on pas considérer la décision originelle de l'assassin et l'accomplissement du crime lui-même comme les préludes à son accomplissement véritable, lorsqu'il le commet avec les yeux de l'esprit et qu'il s'en repent ? Tout cela ne paraît pas très clair quand j'en parle d'une manière abstraite, mais je pense que tu comprendras ce que je veux dire si tu écoutes mon histoire. Ça va ? Tu es bien assis ? Il ne te manque rien ? Alors, allons-y. »

Il s'appuya contre le dossier de sa chaise, se concentra, puis reprit la parole :

« L'histoire que je vais te raconter, dit-il, a commencé il y a un mois, lorsque tu étais en voyage en Suisse. Et elle a connu sa conclusion, c'est du moins ce que je crois, la nuit dernière. Je ne pense pas qu'il y aura d'autres suites. Donc, il y a un mois, je rentrai à la maison après avoir dîné en ville. Il était très tard et il pleuvait. Comme je ne parvenais pas à trouver de taxi, je me hâtai, sous une pluie battante, de gagner la station de métro de Piccadilly Circus où j'eus la chance d'attraper la dernière rame qui allait dans ma direction. Le wagon dans lequel je montai était vide, à l'exception d'un autre passager assis près de la porte, en face de moi. À ma connaissance, je ne l'avais jamais rencontré auparavant, mais mon attention se fixa aussitôt sur lui, comme si, d'une certaine manière, sa présence me concernait. C'était un homme d'âge mûr, très bien habillé et dont le visage exprimait une réflexion intense ; apparemment, il était en train de méditer sur un sujet de grande importance et sa main, posée sur son genou, s'ouvrait et se refermait sans cesse. Soudain, il leva les yeux et fixa son regard sur moi ; je le vis alors exprimer de la suspicion et de la crainte : on aurait dit que je l'avais surpris dans quelque action secrète. À ce moment, la rame s'arrêta à la station de Dover Street. Le contrôleur ouvrit les portes, annonça la station et ajouta : “Correspondance pour Hyde Park Corner et Gloucester Road.” Pour moi, c'était très bien : cela signifiait que le train allait s'arrêter à Brompton Road, qui était ma destination. Ce trajet semblait également convenir à mon compagnon de voyage, puisqu'il resta dans le wagon. Après un instant d'arrêt, pendant lequel personne ne monta, la rame repartit. J'insiste sur le fait que j'avais vu cet homme après que les portes se furent refermées et que le train eut démarré. Puis, je détachai mon regard de lui pendant un instant, et lorsque je tournai à nouveau la tête dans sa direction, tandis que la rame roulait dans le tunnel, je m'aperçus qu'il n'y avait plus personne. J'étais entièrement seul dans le wagon.

Tu vas peut-être penser que j'avais simplement eu un de ces rêves fugaces qui traversent l'esprit l'espace d'une seconde, mais je ne croyais pas, pour ma part, que ce fût le cas ; j'avais plutôt l'impression qu'il s'agissait là d'une sorte de prémonition ou de clairvoyance. Un homme dont j'avais vu l'apparence – que ce fût son corps astral ou ce que tu voudras – s'assoirait un jour sur cette banquette, face à moi, dans une attitude de réflexion, concevant peut-être quelque projet.

— Mais pourquoi ? demandai-je, pourquoi faudrait-il forcément que ce soit le corps astral d'un homme vivant que tu aies vu ? Pourquoi ne serait-ce pas plutôt le fantôme d'un mort ?

— À cause de mes propres sensations. Il m'est arrivé à deux ou trois reprises dans ma vie de voir l'esprit d'un mort et chaque fois, cette vision était accompagnée d'une sensation physique de peur, de froid et de solitude. J'étais convaincu que j'avais vu la représentation d'un homme vivant et cette conviction fut confirmée, je pourrais dire prouvée, dès le lendemain. Car cet homme, je l'ai rencontré, en chair et en os, cette fois. Et la nuit suivante, c'est à nouveau son image fantomatique que j'ai vue. Mais prenons les choses dans l'ordre.

Le lendemain, je déjeunais avec ma voisine, Mrs. Stanley ; il y avait une petite réception et après que je fus arrivé, on n'attendait plus qu'un seul invité. Il entra tandis que je parlais à un ami et un instant plus tard, j'entendis la voix de Mrs. Stanley qui se trouvait juste à côté de moi.

"Permettez-moi de vous présenter Sir Henry Payle", dit-elle.

Je me tournai vers lui et je reconnus alors mon vis-à-vis de la nuit précédente. C'était le même homme, sans aucune erreur possible, et quand nous nous serrâmes la main, j'eus l'impression qu'il me regardait avec le vague sentiment de m'avoir déjà vu quelque part, mais où ?

"Ne nous sommes-nous pas déjà rencontrés, Mr. Carling ? dit-il, il me semble me rappeler..."

Sur le moment, j'oubliai son étrange disparition du wagon, et je pensai avoir véritablement vu cet homme en chair et en os la nuit précédente.

"En effet, nous nous sommes même rencontrés il y a peu de temps, répondis-je, nous étions assis l'un en face de l'autre hier soir, dans le dernier métro qui partait de Piccadilly Circus."

Il continua de me regarder, fronça les sourcils, et hocha la tête, l'air interdit.

“J’en serais étonné, dit-il, car je suis arrivé ce matin de la campagne.”

Tout cela commençait à m’intéresser singulièrement, car le corps astral, dit-on, se tient dans quelque région à demi inconsciente de l’intelligence ou de l’esprit et conserve parfois quelques souvenirs de ce qu’il a vécu, mais ces souvenirs ne s’inscrivent que très vaguement et très imprécisément dans la mémoire consciente.

Pendant tout le déjeuner, je vis à nouveau ses yeux qui me regardaient avec la même expression intri-

guée et perplexe. Et lorsque je me levai pour prendre congé, il vint vers moi.

“Je finirai par me souvenir un jour de l’endroit où nous nous sommes rencontrés, dit-il, mais de toute façon, j’espère que nous nous reverrons bientôt. N’était-ce pas ?...”

Il s’interrompit.

“Non, reprit-il, je ne m’en souviens plus...” »

La bûche qu’Anthony avait jetée dans la cheminée flambait bien, à présent, et ses hautes flammes éclairaient son visage en dansant dans l’âtre.

« J’ignore, dit-il, si tu considères les coïncidences comme de purs hasards, mais si c’est le cas, débarrasse-toi de cette idée. Ou si cela t’est vraiment impossible, appelle donc hasard le fait que, cette même nuit, j’attrapai à nouveau le dernier métro en direction de l’Ouest. Mais cette fois, je n’étais plus seul sur le quai, il y avait au contraire une foule considérable à la station de Dover Street où j’attendais et lorsque le bruit de la rame qui s’approchait résonna dans le tunnel, j’aperçus Sir Henry Payle qui se tenait au bout du quai, à l’écart de la foule et à l’endroit où le train allait surgir dans quelques instants. Je me dis que c’était vraiment étrange d’avoir vu sa représentation fantomatique à cette même heure la nuit précédente et de le revoir bien réel à présent ; je me dirigeai alors vers lui avec l’intention de lui dire : “Eh bien, ce soir, c’est bel et bien dans le métro que nous

nous rencontrons." Mais au même instant quelque chose d'épouvantable se produisit. En effet, comme le train jaillissait du tunnel, il sauta sur la voie juste devant la motrice et la rame roula sur son corps en s'avançant le long du quai.

Pendant quelques secondes, je fus frappé d'horreur et je me souviens de m'être caché la tête dans les mains pour ne pas assister à cette effroyable tragédie. Mais bientôt, je m'aperçus que personne d'autre que moi n'avait remarqué l'accident, bien qu'il se fût produit devant tout le monde. Le conducteur de la motrice, le nez à la fenêtre, n'avait pas actionné ses freins et la rame elle-même n'avait pas subi la moindre secousse ; il n'y avait pas eu de cris, pas d'exclamations et les autres passagers montèrent dans la rame avec la plus parfaite nonchalance. Quant à moi, je me sentais malade et au bord de l'évanouissement ; je devais sans doute tituber, car une âme charitable me prit le bras et m'aida à monter dans le wagon. C'était un docteur, à ce qu'il me dit, et il me demanda si j'avais mal quelque part ou si je me sentais malade. Je lui racontai aussitôt ce que je pensais avoir vu et il m'assura qu'il ne s'était pas produit le moindre accident.

Dès lors, il devint clair dans mon esprit que j'avais été témoin du deuxième acte, pour ainsi dire, de ce drame psychique et je me demandai le lendemain ce qu'il convenait de faire. J'avais déjà jeté un coup d'œil aux journaux qui, comme je m'y attendais, ne faisaient nulle part mention de ce que j'avais vu. Le fait, de toute évidence, ne s'était pas produit, mais j'étais convaincu qu'il allait se produire. Le mince voile du Temps s'était écarté devant mes yeux pour me laisser apercevoir un fragment de ce qu'on appelle l'avenir. En termes de Temps, on pouvait parler d'avenir, mais de mon point de vue, l'événement se situait aussi bien dans le passé que dans l'avenir. Il existait et attendait simplement son accomplissement matériel. Et plus j'y pensais, plus je me disais que je ne pouvais rien y faire. »

J'interrompis son récit.

« Tu n'as rien fait ? m'exclamai-je. Tu aurais pourtant dû tenter quelque chose pour éviter la tragédie. »

Il hocha la tête.

« Tenter quoi, exactement ? demanda-t-il, fallait-il que j'aille voir Sir Henry pour lui dire qu'une fois de plus, je l'avais vu dans le métro, et que cette fois, il s'y était suicidé ? Il vaut mieux considérer les choses autrement : ou bien ce que j'avais vu n'était que pure illusion, pure imagination, auquel cas cela n'avait ni existence ni signification, ou bien c'était vrai et le fait s'était déjà produit dans son essence. On peut également considérer que la vérité se situait à mi-chemin entre ces deux hypothèses, bien que ce ne soit pas très logique. Disons que l'idée de suicide, pour une raison que j'ignorais complètement, lui était venue ou allait lui venir à l'esprit. Et si cette idée n'avait pas encore germé dans sa tête, n'aurait-il pas été dangereux, dans ce cas, de la lui suggérer en lui parlant ainsi ? Le fait de lui raconter ce que j'avais vu pouvait lui donner l'envie de se suicider ou renforcer et justifier cette envie s'il l'avait déjà. "C'est une affaire délicate que de jouer avec les âmes", comme dit Browning.

— Mais cela me semble si inhumain de ne pas intervenir du tout, dis-je, de ne pas faire la moindre tentative...

— Quel genre d'intervention ? demanda-t-il, quelle tentative ? »

Un instinct se révoltait en moi à l'idée qu'on pût ne rien faire pour éviter un tel drame, mais il semblait se heurter à chaque fois à quelque chose d'inflexible et d'inexorable. Et j'avais beau me creuser la tête, je ne parvenais pas à trouver d'argument contre ce qu'il venait de me dire. Je n'avais rien à lui objecter et il poursuivit son récit.

« Rappelle-toi bien ceci également, c'est que, à l'époque tout comme maintenant, j'étais convaincu que l'événement s'était produit. Sa cause, quelle qu'elle fût, avait commencé à faire son effet et cet effet allait inévitablement se matérialiser. Voilà ce à quoi je faisais allusion lorsque je t'ai demandé, au début de mon récit, de réfléchir à la difficulté qu'on éprouve à déterminer le moment exact où une action se produit. Tu soutiens que cette action particulière, le suicide de Sir Henry, n'avait pas encore eu lieu parce qu'il ne s'était pas encore jeté sous la rame de métro. Or, pour moi, c'est un point de vue matérialiste. Je prétends au contraire que le fait avait déjà eu lieu, à cette différence près qu'il ne s'était pas encore confirmé matériellement, si je puis dire. J'imagine que Sir Henry, maintenant qu'il est libre de toute attache corporelle, a compris cela, lui aussi. »

Au moment précis où il prononça ces mots, un courant d'air glacial balaya la pièce tiède et bien éclairée, ébouriffant mes cheveux au passage et agitant les flammes qui se couchèrent dans l'âtre puis s'embrasèrent à nouveau. Je me retournai pour voir si la porte derrière moi s'était ouverte, mais rien n'avait bougé et les rideaux étaient entièrement tirés devant les fenêtres fermées. Lorsque le déplacement d'air atteignit Anthony, celui-ci jeta un regard d'un côté et d'autre de la pièce.

« As-tu senti ça ? demanda-t-il.

— Oui, un brusque courant d'air, dis-je, et glacial.

— Rien d'autre ? Tu n'as rien remarqué d'autre ? »

Je restai un instant silencieux avant de répondre, car je me rappelai à présent ce que Anthony avait dit à propos des sensations différentes que provoquent la représentation fantomatique d'un vivant et l'apparition d'un mort. L'impression que j'éprouvai en l'occurrence était exactement celle qu'il avait décrite en parlant des revenants : je me sentais rétrécir dans mon fauteuil avec un sentiment de peur et de désolation. Je n'avais rien vu, cependant.

« J'ai un peu la chair de poule », lui dis-je.

Tout en prononçant ces mots, je rapprochai mon fauteuil du feu et je jetai un coup d'œil rapide autour de la pièce brillamment éclairée en ressentant, je dois l'avouer, une certaine appréhension. Je remarquai alors qu'Anthony observait le manteau de la cheminée sur lequel était posée la pendule qu'il m'avait proposé d'arrêter au début de son récit. Elle était éclairée par les deux ampoules électriques d'une applique murale fixée juste au-dessus. Les aiguilles de la pendule indiquaient une heure moins vingt-cinq.

« Mais tu n'as rien vu ? demanda Anthony.

— Rien du tout, répondis-je, qu'est-ce que j'aurais dû voir ? Où est-ce qu'il y avait quelque chose à voir ? Et toi, est-ce que ?...

— Je ne crois pas », m'interrompit-il.

D'une certaine manière, sa réponse me mit les nerfs en pelote car l'étrange sensation qui avait accompagné le courant d'air ne m'avait pas quitté. Elle était plutôt devenue plus aiguë.

« Tu dois bien savoir si tu as vu quelque chose ou pas ? insistai-je.

— On ne peut jamais être certain, répliqua-t-il, j'ai dit que je ne croyais pas avoir vu quelque chose. Mais je ne suis plus très sûr que l'histoire que je suis en train de te raconter se soit vraiment terminée hier soir. Je pense qu'elle va peut-être se prolonger. Si tu préfères, je vais m'abstenir de te raconter la suite, ou tout au moins ce que j'en sais, et je reprendrai mon récit demain ; tu peux donc aller te coucher si tu veux. »

Il était parfaitement calme et paisible, ce qui me rassura.

« Et pourquoi faudrait-il que j'aille me coucher ? » demandai-je.

À nouveau, il jeta un regard circulaire autour de la pièce brillamment éclairée.

« Je crois que quelque chose est entré ici, répondit-il, et il se pourrait qu'il y ait des développements inattendus. Aussi ferais-tu mieux de rejoindre ta chambre si tu n'aimes pas ce genre d'expériences. Il n'y a pas de quoi s'alarmer, bien entendu ; quelle que soit cette chose, elle ne peut pas nous faire de mal. Mais il se trouve qu'on approche de l'heure à laquelle j'ai vu ce que je t'ai raconté, lors de ces deux nuits successives dans le métro ; or, généralement, une apparition se produit chaque fois à la même heure. Pourquoi ? Je ne saurais le dire, mais il semblerait qu'un esprit, lorsqu'il est encore rattaché à la vie terrestre, reste soumis à certaines conventions, des conventions de temps, par exemple. Je pense que je ne vais pas tarder à voir quelque chose que toi-même, tu ne verras probablement pas. Tu n'es pas comme moi victime de ce genre de... d'hallucinations... »

J'avais peur, et je le savais, mais j'étais en même temps profondément intéressé et je sentis frémir en moi une sorte d'orgueil quelque peu pervers lorsqu'il eut prononcé ses derniers mots. Pourquoi donc, me demandai-je, n'aurais-je pas le droit de voir moi aussi ce qu'il y avait à voir ?...

« Je n'ai pas la moindre intention d'aller me coucher, dis-je, et je veux connaître la suite de ton histoire.

— Soit. Où en étais-je ? Ah ! oui : tu te demandais pourquoi je n'avais rien fait après avoir eu la vision de ce suicide et je t'ai répondu qu'il n'y avait rien à faire. Si tu y réfléchis, j'imagine que tu tomberas d'accord avec moi... Deux jours passèrent, et au matin du troisième jour, je lus dans le journal que ce que j'avais vu s'était accompli. Sir Henry Payle, qui attendait le dernier métro sur le quai de la station Dover Street en direction de South Kensington, s'était jeté sur la voie au moment où la rame arrivait. Le train s'était aussitôt arrêté, mais l'une des roues avait broyé la poitrine du malheureux en le tuant sur le coup.

Une enquête fut menée et mit en lumière une de ces sombres histoires qui, en de telles occasions, tombent parfois comme une ombre sur une vie que tout le monde pensait heureuse. Sir Henry était depuis longtemps en mauvais termes avec son épouse dont il s'était séparé et il apparut que, peu avant sa mort, il était tombé éperdument amoureux d'une autre femme. La nuit précédant son suicide, il avait fait une visite tardive à sa femme et avait eu avec elle une scène violente au cours de laquelle il l'avait conjurée d'accepter le divorce, la menaçant, dans le cas contraire, de lui rendre la vie impossible. Et comme elle s'obstinait à refuser, Sir Henry, dans un accès de fureur incontrôlable, tenta de l'étrangler. Une lutte s'ensuivit et le bruit attira le serviteur de l'épouse, lequel accourut aussitôt et parvint à maîtriser Sir Henry. Lady Payle menaça alors son mari de porter plainte contre lui pour coups et blessures avec tentative de meurtre. Cette menace pesant sur sa tête, il se suicida, comme je te l'ai déjà dit, la nuit suivante. »

Il jeta un coup d'œil vers la pendule qui indiquait à présent une heure moins dix. Dans la cheminée, le feu avait faibli et la pièce devenait étrangement froide.

« Mais ce n'est pas tout, reprit Anthony en regardant une nouvelle fois autour de lui. Es-tu bien certain que tu ne préfères pas entendre la suite demain matin ? »

Ce mélange de honte, d'orgueil et de curiosité l'emporta encore une fois.

« Non, dis-je, raconte-moi la suite maintenant. »

Avant de poursuivre, il regarda soudain vers un point situé derrière mon fauteuil en s'abritant les yeux de la main. Je suivis son regard et je compris alors ce qu'il voulait dire quand il assurait que parfois, on ne peut pas être vraiment sûr d'avoir ou non vu quelque chose. Était-ce vraiment l'ombre d'une silhouette qui se projetait entre le mur et moi ? Il était difficile de distinguer exactement cette forme dont je ne savais même pas si elle se trouvait près du mur ou près de ma chaise. Et comme je l'observais avec plus d'attention, elle sembla se dissiper.

« Tu ne vois rien ? demanda Anthony.

— Non, je ne crois pas, et toi ?

— Je pense que oui », dit-il et il suivit des yeux quelque chose qui m'était invisible. Son regard se fixa sur un point situé entre lui et la cheminée. En contemplant ainsi je ne savais quoi, il reprit la parole :

« Tout cela est arrivé il y a quelques semaines, dit-il, quand tu étais en voyage en Suisse, et depuis lors, jusqu'à la nuit dernière, je n'ai rien vu de plus. Pourtant pendant tout ce temps, j'ai attendu quelque chose. J'avais le sentiment que tout n'était pas encore terminé et la nuit dernière, quelques minutes avant une heure du matin, c'est-à-dire au moment où la tentative d'assassinat et le suicide avaient eu lieu, je me suis rendu dans le métro, à la station de Dover Street. Lorsque j'arrivai là, le quai était entièrement vide, ou paraissait vide tout au moins, mais quelques instants plus tard, alors que j'entendais le grondement de la rame qui approchait, je vis la silhouette d'un homme, à une vingtaine de mètres de moi, qui regardait dans le tunnel. Il ne se trouvait pas avec moi dans l'ascenseur quand j'étais descendu sur le quai, et un instant auparavant, il n'était pas là. Il se dirigea vers moi, et je le reconnus. Je sentis alors un courant d'air glacial qui m'enveloppa tandis qu'il approchait et ce n'était pas le déplacement d'air précédant l'arrivée du train car il venait de la direction opposée. Lorsque l'homme fut tout près de moi, je vis dans ses yeux qu'il me reconnaissait. Il leva la tête vers moi et ses lèvres remuèrent, mais je n'entendis rien, peut-être à cause du grondement de la rame dans le tunnel. Il tendit les mains, comme pour me supplier de faire quelque chose, mais j'eus une réaction de peur que je ne me pardonne pas et je m'éloignai de lui ; je savais pour avoir reconnu les signes dont je t'ai parlé, que cette apparition était celle d'un mort et je ne pus m'empêcher de trembler devant lui ; ma peur paralysait en moi toute pitié et tout désir de l'aider, si tant est que cette aide fût possible. Il voulait certainement me demander quelque chose, mais j'eus une réaction de retrait. Le train surgit alors du tunnel et un instant plus tard, avec un terrible geste de désespoir, il se jeta sur la voie, devant la rame. »

Quand il eut fini de parler, Anthony se leva d'un bond de son fauteuil, le regard toujours fixé devant lui. Je vis ses pupilles se dilater et ses lèvres remuer.

« Il vient, dit-il, je vais avoir une chance de racheter ma couardise. Il n'y a aucune raison d'avoir peur, il faut que je me souvienne de cela moi-même. »

Tandis qu'il parlait, un craquement sonore retentit dans les boiseries, au-dessus de la cheminée, et le courant d'air froid m'enveloppa à nouveau la tête. Je me surpris à me recroqueviller dans mon fauteuil, les mains tendues en avant comme si j'avais instinctivement cherché à me protéger de quelque chose dont je devinais la présence, mais que je ne pouvais voir. Tous mes sens m'indiquaient qu'il y avait quelqu'un d'autre dans la pièce, en dehors d'Anthony et de moi, et j'en ressentais d'autant plus d'horreur que je ne voyais rien. N'importe quelle vision, quelque terrifiante qu'elle fût, eût été plus tolérable que cette conviction de me trouver à côté d'un être invisible. Et pourtant, si cette présence s'était matérialisée, quelle épouvante n'aurait-elle pas inspirée : le visage du mort, sa poitrine écrasée... Mais tout ce que je pouvais voir, tandis que je frissonnais dans ce courant d'air glacial, c'étaient les murs familiers de la pièce et Anthony lui-même qui se tenait debout devant moi, raide et immobile, en faisant appel, je m'en rendais compte, à tout son courage. Ses yeux s'étaient fixés sur quelque chose proche de lui et ses lèvres frémissaient en un vague sourire. Alors, il parla à nouveau.

« Oui, je vous connais, dit-il, et vous voulez me demander quelque chose. Dites-moi de quoi il s'agit. »

Un silence absolu s'ensuivit, mais ce qui était silence pour moi ne l'était peut-être pas pour lui, car, une ou deux fois, il hocha la tête et dit à un moment : « Oui, d'accord, je le ferai. »

De même qu'il y avait ici quelqu'un que je ne pouvais voir, de même des mots étaient prononcés que je ne pouvais pas entendre et la terreur des morts et de l'inconnu monta alors en moi avec ce sentiment d'immobilité que l'on éprouve dans les cauchemars. Je ne pouvais plus bouger, je ne pouvais plus parler. Je pouvais simplement tendre mes oreilles vers l'inaudible et ouvrir mes yeux à l'invisible, tandis que ce vent froid, venu de la vallée d'ombre de la mort, soufflait sur moi. Ce n'était pas tant la présence de la mort elle-même qui était effrayante ; mais plutôt le fait qu'une âme inquiète, incapable de reposer en paix, s'était vue arrachée à la tranquillité et à la sérénité de l'au-delà, sans avoir pu attendre l'ultime réveil promis aux innombrables générations qui ont déjà succombé ; arrachée, cette âme, au royaume des morts et à leurs activités, quelles qu'elles soient, pour

être projetée à nouveau dans un monde matériel dont elle aurait dû être délivrée.

Jamais jusqu'à présent – jusqu'à ce qu'un pont s'établisse ce soir-là au-dessus du gouffre séparant les vivants et les morts – l'idée d'une telle expérience ne m'avait semblé si démesurée et contraire à la nature. J'admettais que les morts puissent entrer en communication avec les vivants, et ce n'était pas exactement cela qui me terrifiait, car de telles communications, comme chacun sait, sont volontairement établies par eux. Mais il y avait en l'occurrence quelque chose de glacé, chargé du poids d'un crime, quelque chose qui interdisait l'accès à la sérénité, une sérénité qui n'aurait d'ailleurs rien apaisé.

Des changements survinrent alors dans l'invisible et ce fut plus horrible que tout. Anthony était silencieux, à présent et, au lieu de fixer les yeux droit devant lui, il commença à jeter des regards vers moi, puis regarda à nouveau dans l'autre direction ; j'eus aussitôt l'impression que la présence invisible avait reporté son attention sur moi. Et maintenant, moi aussi, graduellement – et par quels terribles degrés ! – je commençai à voir...

Les contours d'une ombre se dessinèrent devant la cheminée et les boiseries qui la surmontaient. L'ombre prit forme et la silhouette d'un homme apparut. Sur cette forme sombre, des détails commencèrent à naître et je vis trembloter dans les airs, comme à travers une brume, un semblant de visage, ravagé et tragique, un visage qui paraissait porter le fardeau d'une détresse qu'aucune figure humaine n'avait jamais exprimée. Les épaules se dessinèrent ensuite ; une tache livide et rouge à la fois s'étendit au-dessous et soudain la vision apparut en toute clarté. L'homme se tenait debout devant nous, la poitrine écrasée et noyée dans la tache rouge d'où pointaient des côtes cassées, comme la charpente d'un navire naufragé. Ses yeux terribles et lugubres étaient fixés sur moi et, autant que je pus en juger, c'était de leurs orbites que jaillissait le vent glacé.

Puis, aussi vite que lorsqu'on éteint une lampe, le spectre disparut et le vent glacé retomba. Face à moi, se tenait Anthony, dans une pièce tranquille et brillamment éclairée. Il n'y avait plus d'indice d'une présence invisible ; nous étions tout seuls, lui et moi, et notre conversation interrompue semblait suspendue entre nous dans l'air tiède et immobile. Je revins à ce décor comme on revient à soi après une anesthésie. Dans un tourbillon, tout m'apparut à nouveau, irréel tout d'abord, puis reprenant peu à peu la consistance de la réalité.

« Tu parlais à quelqu'un, pas à moi, dis-je, qui était-ce, qu'est-ce que c'était ? »

Il passa le dos de sa main sur son front qui luisait dans la lumière.

« Une âme en enfer », dit-il.

Il est difficile de se rappeler les simples sensations physiques, une fois qu'elles ont disparu. Si on a eu froid et qu'on a chaud à nouveau, on a du mal à se souvenir de la sensation que procurait le froid. Si on a eu chaud et qu'on a froid, il est difficile de réaliser ce que signifie véritablement l'oppression de la chaleur. De la même manière, après que cette présence se fut retirée, je me sentais incapable de retrouver dans ma mémoire l'impression de terreur qu'elle m'avait inspirée quelques instants auparavant et qui m'avait envahi tout entier.

« Une âme en enfer ? dis-je. De quoi parles-tu ? »

Il fit quelques pas dans la pièce pendant une minute environ puis il vint s'asseoir sur le bras de mon fauteuil.

« Je ne sais pas ce que tu as vu, répondit-il, ni ce que tu as ressenti, mais pour ma part, il ne m'est jamais arrivé, de toute ma vie, quelque chose de plus réel que ce qui s'est passé dans ces dernières minutes. J'ai parlé à une âme plongée dans l'enfer du remords qui est le seul enfer possible. Cet homme savait, après ce qui m'est arrivé la nuit dernière, qu'il pourrait peut-être établir à travers moi une communication avec le monde qu'il avait quitté ; il m'a alors cherché et il m'a trouvé. Je suis à présent chargé d'une mission auprès d'une femme que je n'ai jamais vue ; je dois lui transmettre un message de repentir... Tu devines qui est cette femme ?... »

Il se leva d'un mouvement brusque.

« Nous allons commencer par vérifier, dit-il, il m'a donné le nom de la rue et le numéro. Ah ! voilà l'annuaire. Ne serait-ce qu'une simple coïncidence si je trouvais qu'au numéro 20 de Chasemore Street, South Kensington, vit une certaine Lady Payle ? »

Il tourna les pages du gros volume.

« Oui, c'est bien cela », dit-il.

## Jonas Lie

# Elias et le Draug

A Kvalholmen, au sud de Helgeland, vivaient jadis un pauvre pêcheur nommé Elias et sa femme Karen qui, avant leur mariage, avait travaillé au presbytère d'Alstadhaug[1]. Ils habitaient une petite cabane qu'ils avaient construite eux-mêmes et Elias était employé à la journée par les pêcheries des îles Lofoten.

Kvalholmen était une île solitaire, et parfois des signes indiquaient qu'elle était hantée. Lorsque son mari ne se trouvait pas à la maison, il arrivait que sa bonne épouse entendît toute sorte de cris et de bruits

1. Le pasteur d'Alstadhaug était Peter Dass, auteur de *Nordlands Trompet*, un long poème descriptif du nord de la Norvège. Il mourut en 1707.

mystérieux qui n'étaient sûrement pas de bon augure.

Chaque année, ils avaient un enfant ; et après sept ans de mariage, la famille en comptait six. Mais les parents étaient tous deux solides et travailleurs, et lorsque le dernier enfant naquit, Elias avait réussi à mettre un peu d'argent de côté, avec lequel il pensait pouvoir acheter un sixern[1] qui lui permettrait de travailler pour les pêcheries en possédant son propre bateau.

Un jour, alors qu'il marchait le long de la côte, un harpon à la main, Elias aperçut soudain, allongé au soleil derrière un rocher, un énorme phoque qui fut apparemment tout aussi surpris que lui de cette rencontre.

Mais Elias ne perdit pas de temps. Du haut du rocher sur lequel il se tenait, il lança son harpon qui vint se planter dans la nuque du phoque. Aussitôt – et avec quelle violence ! – l'animal se dressa et se tint droit sur sa queue, aussi grand que le mât d'un bateau, en fixant sur lui un regard noir de ses yeux injectés de sang et en montrant ses dents dans un rictus si haineux, si démoniaque qu'Elias en fut saisi de frayeur. Puis, le phoque replongea dans la mer et disparut dans une gerbe d'eau mêlée de sang.

Ce fut la dernière vision qu'Elias eut de lui ; mais

1. Sixern : petit bateau de pêche à un mât utilisé dans les pays nordiques.

l'après-midi du même jour, le harpon, brisé au ras de sa hampe de fer, fut rejeté par la mer à proximité du bateau amarré non loin de sa cabane.

Elias oublia bientôt l'incident. L'automne de la même année, il acheta son sixern et l'abrita dans un hangar à bateau qu'il avait construit pendant l'été.

Une nuit, alors qu'il était étendu dans son lit en pensant à son nouveau sixern, il lui sembla qu'il devrait ajouter une accore de chaque côté de la coque, pour mieux assurer son équilibre. Il était si absurdement amoureux de ce bateau qu'il songea aussitôt à se lever et à prendre sa lanterne pour aller le revoir une fois de plus.

Comme il tenait sa lanterne devant lui pour éclairer le hangar, il aperçut soudain, sur un tas de filets enchevêtrés dans un coin, une tête qui ressemblait exactement à celle du phoque ; et cette tête tournée vers lui, face à la lumière, grimaçait de colère. Sa gueule sembla s'ouvrir de plus en plus grande et, un instant plus tard, une silhouette massive, à l'aspect humain, disparut par la porte du hangar, mais pas suffisamment vite pour que Elias n'ait pas le temps de distinguer, dans la clarté de sa lanterne, une longue pointe de fer plantée dans le dos de l'apparition.

Elias se rappela alors le phoque qu'il avait blessé. Mais il était beaucoup plus préoccupé par la sécurité de son bateau que par la sienne propre.

Un matin de bonne heure, au début du mois de janvier, alors qu'il partait pêcher en mer avec deux hommes sur son bateau, il entendit une voix qui l'appela dans l'obscurité, et qui semblait provenir d'un îlot rocheux situé à l'autre bout de l'entrée de la crique. Il crut entendre un rire moqueur, puis cet avertissement :

« Fais attention, Elias, lorsque tu auras ton femböring[1] ! »

Il se passa longtemps, cependant, avant qu'Elias eût les moyens d'acheter un femböring. Son fils aîné avait alors dix-sept ans.

Ce fut à l'automne de cette année qu'Elias s'embarqua pour Ranen avec toute sa famille afin d'y revendre son sixern et de faire l'acquisition d'un femböring. Ils ne laissèrent à la maison qu'une jeune fille lapone, récemment confirmée, qu'ils avaient recueillie chez eux quelques années auparavant. Elias avait jeté son dévolu sur un femböring en particulier, un bateau de quatre hommes, que le meilleur charpentier de l'endroit avait achevé et goudronné ce même automne. Il donna son sixern en échange et paya la différence en liquide.

---

1. Femböring : célèbre bateau de pêche dans les pays scandinaves. Des siècles d'expérience l'ont amené à sa forme définitive, parfaitement adaptée à sa fonction.

Puis il songea à rentrer chez lui. Mais il se rendit d'abord au magasin du village afin d'y faire des provisions pour sa famille et lui-même à l'occasion de Noël ; il acheta notamment un tonnelet de cognac. Tout à la joie d'avoir conclu l'acquisition du bateau, sa femme et lui burent sans doute un peu trop avant de partir et même Bernt, leur fils aîné, eut droit à une gorgée d'alcool.

Ils appareillèrent ensuite sur le femböring tout neuf en mettant le cap sur leur île. En dehors de ses enfants, de sa femme, de lui-même et des provisions de Noël, il n'y avait rien ni personne d'autre à bord du bateau. Son fils Bernt était assis à la proue ; sa femme manœuvrait la drisse avec l'aide de leur fils cadet ; Elias lui-même était à la barre tandis que les deux fils les plus jeunes, âgés respectivement de douze et quatorze ans, se relayaient pour écoper.

Ils avaient environ cinquante milles à parcourir et dès qu'ils eurent atteint la pleine mer, il apparut que le femböring allait être mis à l'épreuve dès sa première sortie. En effet, une tempête se leva bientôt, dressant de hautes vagues blanchâtres qui s'écrasaient en un bouillonnement d'écume. Elias connut alors la valeur de son bateau : le femböring filait parmi les vagues comme un goéland, sans embarquer la moindre goutte d'eau, et il était prêt à jurer qu'il n'aurait pas besoin de réduire la voile à un seul ris, comme il aurait été obligé de le faire sur tout autre bateau de ce type ayant à affronter un tel temps.

Tandis que la journée avançait. Elias remarqua un peu plus loin un autre fembôring, mené par un équipage au complet, et qui naviguait, tout comme lui, avec quatre ris à la voile. Le bateau semblait suivre le même cap et il fut étonné de ne pas l'avoir aperçu plus tôt. L'autre fembôring paraissait vouloir faire la course et, lorsque Elias s'en rendit compte, il ne put s'empêcher de larguer un ris de plus à sa propre voile.

Les deux bateaux filèrent ainsi à une vitesse impressionnante, passant des caps, des îles et des îlots rocheux. Il semblait à Elias que jamais auparavant il n'avait navigué avec tant de majesté et son fembôring confirmait bien toutes les qualités que son charpentier lui avait prêtées : c'était, à n'en pas douter, le meilleur bateau de Ranen.

Entre-temps, la mer avait grossi et d'énormes vagues qui se brisaient contre l'étrave, là où Bernt était assis, déferlaient parfois en balayant le pont jusqu'à la poupe.

Depuis que le soleil s'était couché sur la mer, l'autre bateau s'était rapproché, et la distance qui séparait les deux fembôrings était à présent si réduite qu'on aurait pu jeter une écope d'un pont à l'autre. Ils naviguèrent ainsi côte à côte pendant toute la soirée sur une mer sans cesse plus forte.

Elias pensa qu'il devrait reprendre le ris qu'il avait largué, mais il lui répugnait d'abandonner la course et il décida d'attendre aussi longtemps que possible, jusqu'à ce que l'équipage de l'autre bateau soit lui-même obligé de réduire sa voilure, que la force du vent mettait à aussi rude épreuve que la sienne. Et comme il fallait maintenant affronter le froid et l'humidité, il sortait parfois le tonnelet de cognac qui passait de main en main.

Une clarté phosphorescente se reflétait à la surface sombre de la mer, près du bateau d'Elias, et des lueurs inquiétantes étincelaient sur la crête blanche des vagues, autour de l'autre femböring qui semblait creuser un sillon de lumière en projetant de chaque côté de sa coque une écume en furie. Dans cet éclat de lumière, Elias parvenait à distinguer nettement chaque détail de l'autre bateau et même les extrémités des filins lui étaient visibles. Il pouvait aussi apercevoir les hommes d'équipage coiffés de leur suroît, mais ils se trouvaient du côté sous le vent, le dos tourné vers lui, et le plat-bord qui s'inclinait sous la force des vagues les cachait presque entièrement.

Soudain, une lame gigantesque, dont Elias avait repéré la crête depuis quelques instants, s'écrasa contre la proue de son bateau, là où Bernt était toujours assis. Pendant quelques secondes, le femböring sembla s'immobiliser, sa charpente craqua et trembla, puis, après avoir roulé dangereusement pendant

un bref instant, il se redressa et reprit sa vitesse, tandis que la vague poursuivait sa course sous le vent.

Et pendant tout le temps où son bateau avait été ainsi malmené, Elias crut entendre des exclamations démoniaques qui provenaient de l'autre femböring.

Lorsque la lame eut passé, sa femme, qui continuait de manœuvrer les drisses, s'écria, d'une voix qui le déchira jusqu'au tréfonds de l'âme :

« Seigneur ! Elias ! La mer a emporté Marthe et Nils ! »

C'étaient les deux derniers enfants de la famille, l'une avait neuf ans, l'autre sept, et ils s'étaient assis à l'avant, près de Bernt.

« Tiens bon les drisses, Karen, ou il y aura d'autres pertes ! » fut la seule réponse d'Elias.

Il était indispensable, à présent, de prendre le quatrième ris et à peine l'eut-il fait qu'il se demanda s'il ne fallait pas également prendre le cinquième, car la mer était de plus en plus forte. Mais d'un autre côté, s'il espérait franchir les vagues qui s'élevaient sans cesse plus haut, il valait mieux ne pas diminuer la voilure plus qu'il n'était nécessaire.

Or, même avec la voile réduite, il était difficile de naviguer. La mer faisait rage et des vagues sans cesse balayaient le pont. Finalement, Bernt et Anton, le fils cadet qui avait aidé sa mère à manœuvrer les drisses, durent contre-tenir le bout de vergue, une technique à laquelle on n'a recours que lorsque le bateau est durement pressé par le vent, même après avoir pris un ris – en l'occurrence le cinquième.

L'autre bateau, qui, entre-temps, avait disparu de leur vue, reprit sa place à côté d'eux et sa voile avait à présent exactement la même surface que celle d'Elias.

Elias commençait à éprouver un sentiment d'hostilité envers l'équipage de l'autre femböring. Les deux hommes qui, eux-mêmes, contretenaient le bout de vergue, et dont il apercevait le visage sous leurs suroîts, lui semblaient davantage des spectres que des êtres humains, dans l'étrange reflet des gerbes d'écume. Ils ne prononçaient jamais la moindre parole.

Un peu plus loin en avant, Elias vit surgir la crête d'une autre lame qui s'élevait dans l'obscurité et il se prépara à l'affronter. Il vira pour lui faire face et largua autant de voile qu'il put, donnant ainsi à son bateau une vitesse suffisante pour la franchir.

La vague frappa le femböring avec le fracas d'un torrent. Une nouvelle fois, le bateau donna dangereusement de la bande, et une nouvelle fois, il se redressa lorsque la lame fut passée. Mais sa femme n'était plus assise devant les drisses, et Anton ne tenait plus le bout de la vergue : tous deux avaient été emportés par la mer.

Cette fois encore, il crut entendre les mêmes voix démoniaques qui dominaient la tempête, mais il perçut également les cris de sa femme qui l'appelait désespérément en hurlant son nom. Quand il se rendit compte qu'elle était passée par-dessus bord, il marmonna pour lui-même : « Au nom du Christ » et n'ajouta rien d'autre.

Il eut le sentiment vague qu'il aurait préféré la suivre, mais il prit conscience au même moment qu'il lui incombait de sauver la vie des trois enfants à bord, Bernt et les deux plus jeunes fils, respectivement âgés de douze et quatorze ans ; pendant un certain temps, ces derniers avaient été chargés d'écoper, mais il les avait ensuite postés derrière lui, à la poupe du bateau.

Bernt était à présent seul à manœuvrer le bout de la vergue, et tous deux, le père et le fils, se soutenaient du mieux qu'ils pouvaient. Elias n'osait pas lâcher la barre qu'il tenait d'une main de fer, bien qu'engourdie par l'effort qu'il devait fournir depuis si longtemps.

Quelques instants plus tard, l'autre bateau reprit sa place à côté d'eux ; tout comme la première fois, il était resté momentanément hors de vue. Elias distinguait plus clairement qu'auparavant la forme massive assise à l'arrière de l'autre femböring, dans la même position que lui, et qui tenait également la barre. Et chaque fois que cette silhouette lui tournait le dos, Elias pouvait voir très nettement, plantée dans le cou juste sous le bord du suroît, une pointe de fer d'une dizaine de centimètres de long, la même qu'il avait déjà aperçue dans le hangar à bateau.

Cette vision fit naître deux certitudes au plus profond de lui-même : la première, c'était qu'il avait devant lui le Draug[1] en personne, installé à la barre de son demi-bateau qui faisait voile à côté du sien et l'attirait ainsi à sa perte. La deuxième certitude, c'était qu'il naviguait cette nuit pour la dernière fois. Car celui qui voit le Draug en mer est un homme dont le destin est scellé. Elias ne dit rien à ses deux fils, pour ne pas les désespérer, mais il recommanda en silence son âme à Dieu.

Ces dernières heures, il s'était trouvé dans la nécessité de se détourner de son cap, en raison de la tempête, et lorsque plus tard, il se mit à neiger avec force, il se rendit compte qu'il ne pourrait pas rejoindre la terre avant l'aube.

Ses deux fils et lui continuèrent donc de naviguer comme avant.

De temps à autre, les deux jeunes garçons assis à l'arrière se plaignaient du froid, mais trempés comme ils l'étaient, il n'y avait rien à faire pour les réchauffer et d'ailleurs, Elias était trop préoccupé par ses propres pensées.

Un profond désir de vengeance s'était emparé de

---

1. Le Draug est un monstre de la mer qui navigue sur un demi-bateau, en compagnie d'hommes qui ont péri au large et qui n'ont pas reçu de sépulture chrétienne. Selon la légende scandinave, celui qui voit le Draug mourra bientôt.

lui. S'il n'avait eu le devoir de sauvegarder la vie de ses trois fils, il aurait voulu virer soudain de bord pour tenter d'éperonner et de couler le bateau maudit qui continuait de naviguer juste à côté de lui, comme pour le défier, et dont les intentions démoniaques étaient à présent parfaitement claires. Si le harpon s'était naguère montré efficace, pourquoi un couteau ou une gaffe ne pourraient-ils pas avoir le même effet ? Elias aurait volontiers donné sa vie pour pouvoir frapper ce monstre qui lui avait si impitoyablement arraché ce qu'il avait de plus cher au monde et qui ne semblait pas encore satisfait, exigeant toujours davantage.

Vers trois ou quatre heures du matin, ils virent encore la crête blanche d'une lame qui roulait vers eux dans l'obscurité, une lame si immense qu'Elias pensa un moment avoir atteint le voisinage de la côte, là où se forment les brisants ; mais il s'était trompé, ce n'était qu'une vague, une vague gigantesque.

Il entendit alors – et distinctement cette fois – une voix rire et crier de l'autre bateau.

« Et voici pour ton femböring, Elias ! » dit la voix.

Elias, qui prévoyait la catastrophe, répéta tout haut « Au nom du Christ ! » et exhorta ses fils à tenir bon, en leur recommandant, si le bateau venait à plonger sous l'eau, de s'accrocher aux filins d'osier passés dans les dames de nage et de ne plus les lâcher jusqu'à ce qu'il émerge à nouveau. Il laissa le plus âgé des deux jeunes garçons rejoindre Bernt et il garda l'autre tout contre lui en lui caressant furtivement la joue une ou deux fois et en s'assurant que l'enfant avait une bonne prise.

Le bateau fut littéralement enseveli sous l'énorme vague ; il se dressa, sa proue vers le ciel émergeant de l'écume, puis disparut sous la lame. Lorsqu'il remonta à la surface, la quille en l'air, Elias, Bernt et Martin, le garçon de douze ans, reparurent à leur tour, agrippés aux filins d'osier. Mais le dernier des trois frères avait été emporté.

C'était maintenant une question de vie ou de mort ; il fallait tout d'abord couper les filins d'un côté pour pouvoir se débarrasser du mât qui aurait autrement imprimé un roulis constant au bateau retourné et ensuite se hisser sur la coque puis laisser s'échapper l'air emprisonné au-dessous. Le bateau, sinon, flotterait trop haut et ne pourrait se maintenir longtemps à la crête des vagues. Après des efforts considérables, ils eurent accompli ces différentes manœuvres et Elias, qui avait été le premier à grimper sur le fond de la coque chavirée, aida ses deux fils à l'y rejoindre.

Ils passèrent ainsi cette longue nuit d'hiver, désespérément cramponnés à la coque, les mains paralysées par les crampes, et les genoux engourdis tandis que chaque vague successive les submergeait dans des flots d'écume.

Quelques heures plus tard, Martin, que son père avait soutenu tout ce temps du mieux qu'il avait pu, mourut d'épuisement et glissa à la mer.

Plusieurs fois, ils avaient essayé d'appeler à l'aide, mais c'était inutile et ils avaient fini par y renoncer.

Le père et le fils étaient seuls, assis sur la coque, et Elias dit alors à Bernt qu'il se savait condamné à rejoindre son épouse mais il avait le ferme espoir que Bernt serait finalement sauvé, s'il avait le courage de tenir bon comme un homme. Elias raconta à son fils l'histoire du Draug – comment il l'avait blessé au cou avec son harpon et comment le Draug prenait à présent sa revanche ; il était sûr que le monstre n'abandonnerait pas avant qu'ils soient quittes.

Il était environ neuf heures du matin lorsque l'aube finit par se lever. Elias tendit à Bernt assis à côté de lui sa montre d'argent accrochée à une chaîne de cuivre qu'il avait brisée en l'arrachant de ses vêtements étroitement boutonnés.

Il resta assis encore quelque temps, mais tandis que le jour pointait, Bernt vit que le visage de son père était d'une effrayante pâleur. Ses cheveux étaient tombés par endroits, par touffes entières, comme il arrive souvent à l'approche de la mort, et la peau de ses mains était usée par les efforts qu'il avait dû faire pour se cramponner à la quille. Bernt se rendit compte que sa fin était proche. Il essaya, autant que le lui permettait le tangage du bateau, de se glisser vers lui pour le soutenir, mais lorsque Elias s'en aperçut, il lui fit signe de reculer.

« Reste où tu es, Bernt, et tiens bon ! Je vais rejoindre ta mère ! Au nom du Christ ! »

Puis, ayant prononcé ces mots, il se jeta en arrière et tomba de la coque.

Lorsque la mer eut pris son tribut, elle se calma quelque temps. Il fut plus facile à Bernt de se maintenir et un nouvel espoir naquit en lui en même temps que paraissait le jour. La tempête s'apaisa et, dans la pleine lumière du matin, il crut reconnaître le voisinage de son île. Il dérivait en fait devant la côte de Kvalholmen : il était chez lui.

À nouveau, il se mit à appeler au secours, mais il comptait plutôt sur l'aide d'un courant marin qu'il connaissait bien et qui se dirigeait vers la côte, au-delà d'une pointe sur laquelle venait se briser la fureur des vagues.

Il dériva de plus en plus près de la côte et passa bientôt si près d'un îlot rocheux que le mât qui flottait toujours le long du bateau vint racler les rocs. Malgré ses muscles et ses articulations raidis par les efforts qu'il avait dû faire pour rester cramponné à la coque, Bernt parvint tant bien que mal à prendre pied sur l'îlot rocheux ; il hissa ensuite le mât, puis amarra le bateau lui-même.

La jeune fille lapone qui était seule à la maison crut entendre des appels au secours ; comme ils se répétaient, elle monta au sommet de la colline et scruta la mer. Elle vit alors Bernt réfugié sur l'îlot et le femböring retourné qui battait contre les rochers au rythme de la houle. Elle courut aussitôt au hangar à bateau, mit à l'eau la vieille barque et rama jusqu'à l'îlot en suivant la côte.

Bernt, malade, resta alité tout l'hiver, soigné par la jeune Lapone, et ne partit pas à la pêche cette année-là. Les gens disaient que même après sa guérison, il semblait parfois quelque peu étrange. Il ne voulait plus retourner en mer ; il la craignait désormais.

Il se maria avec la jeune fille lapone et partit vivre à Malingen, où il s'installa et bâtit une maison. Il y vit toujours et s'y trouve heureux.

## A. M. Burrage

# Compagnes de jeu

Quiconque connaissait Stephen Everton eût convenu que c'était le dernier homme au monde à qui on aurait dû confier l'éducation d'un enfant ; et pourtant, ce fut une chance pour Monica d'être recueillie par lui. Sinon, elle n'aurait probablement jamais mangé à sa faim ou se serait retrouvée dans un refuge pour enfants abandonnés. Certes, son père, le poète Sebastian Threlfall, avait beaucoup d'amis de rencontre. Presque tout le monde le connaissait un peu, et jusqu'à sa crise fatale de *delirium tremens*, il s'était toujours arrangé pour être l'un des habitués les plus en vue du Café Royal. Mais d'une manière générale, les gens ne sont pas très enthousiastes à l'idée d'élever les enfants de simples relations, notamment lorsqu'on soupçonne les enfants en question d'avoir hérité de bien des faiblesses humaines.

De la mère de Monica, on ne savait strictement rien. Personne ne semblait pouvoir dire si elle était morte ou vivante. Elle avait probablement quitté Threlfall depuis longtemps, au profit d'un compagnon mieux à même de lui assurer des repas réguliers.

Everton ne connaissait pas mieux Threlfall que d'autres, parmi la centaine de relations que celui-ci avait eue, et il ignorait l'existence de sa fille jusqu'au jour où la mort du poète devint un nouveau sujet de conversation dans les milieux littéraires et artistiques. Les gens se demandaient vaguement ce qu'il allait advenir de « la môme », et tandis qu'ils se posaient des questions à ce sujet, Everton la prit discrètement sous son aile.

Le *Who's Who* vous indiquera l'année de naissance d'Everton, les noms de ses collèges (Winchester et Magdalen, puis Oxford), les titres de ses livres, et vous renseignera également sur ses goûts pour le patin à glace et l'alpinisme : mais il est nécessaire de connaître l'homme un peu moins superficiellement. Il avait à l'époque quarante-huit ou quarante-neuf ans et paraissait dix années de plus. Il était grand, maigre, avait un teint d'un rose délicat, un visage ovale, un nez grec, des yeux bleus qui vous regardaient avec douceur à travers des lunettes aux verres épais, et des lèvres minces et droites qui épousaient étroitement la forme de ses dents légèrement proéminentes. Il avait le front haut et dégarni ; son crâne était d'ailleurs entièrement chauve et il ne lui restait autour de la tête qu'une couronne de cheveux coupés ras dont la teinte parfaitement neutre se situait entre le noir et le gris. Il s'efforçait toujours de paraître tout à la fois guindé et irascible, érudit et pénétrant, une sorte de Sherlock Holmes mâtiné de vieux garçon maniaque.

On le connaissait comme écrivain spécialisé dans les crises historiques. Ses livres étaient rébarbatifs, leurs titres peu engageants et on les sentait écrits par un savant à l'usage d'autres savants. Ils lui rapportèrent une célébrité certaine et pas le moindre argent. Il pouvait d'ailleurs se permettre de ne pas en gagner, ayant hérité d'une fortune modeste mais suffisante. Everton était essentiellement un animal à sang froid, un célibataire méticuleux aux habitudes régulières et frugales qui aspirait à la quiétude et se contentait d'un confort modeste.

Personne n'aurait pu dire pourquoi Stephen Everton avait ainsi décidé d'adopter la fille d'un homme qu'il ne connaissait que de loin et pour lequel il n'avait eu ni amitié ni estime. Il n'aimait pas particulièrement les enfants et se montrait d'un tempérament plus sardonique que sentimental. Je ne ferai que hasarder une hypothèse en suggérant que, comme beaucoup d'hommes sans enfants, il avait ses propres théories sur l'éducation des jeunes et qu'il voulait saisir l'occasion de les mettre à l'épreuve. Quoi qu'il en soit, l'enfance de Monica, qui avait déjà été singulière, passa soudain du tragique au grotesque.

Everton alla chercher Monica à la pension de famille Bloomsbury ; le père de la fillette y avait laissé une assez jolie dette, et la logeuse se demandait ce qu'elle allait bien pouvoir faire de l'enfant. Monica était alors âgée de huit ans et avait déjà, à sa manière, une certaine expérience de la vie. Le monde dans lequel elle avait grandi était celui de l'alcool, de la pauvreté, de l'abjection ; jamais elle n'avait joué à un jeu, jamais elle n'avait eu de camarades ; elle ne connaissait de l'existence que l'envers du décor ; l'exemple des médiocres expédients et des piètres subterfuges auxquels son père avait toujours eu recours constituait la base de son éducation. Et cette enfant, qui n'avait jamais su ce qu'est l'enfance, semblait toujours grave et maussade, pâle et indifférente. Lorsqu'elle parlait, ce qu'elle faisait le moins souvent possible, c'était d'une voix dure et revêche. Quant à son physique, il était aussi ingrat que sa vie elle-même.

Elle suivit Everton sans hésiter et sans poser de questions. Elle n'aurait d'ailleurs pas davantage posé de questions à qui que ce fût : il semblait qu'on pût disposer d'elle comme d'un bagage abandonné à la consigne. Elle avait appartenu à son père ; à présent que celui-ci était parti, elle appartiendrait au premier qui en déciderait ainsi. Everton la recueillit avec une amabilité froide dans laquelle il n'y avait ni amour ni pitié. En retour, elle ne lui manifestait ni affection ni gratitude, mais se comportait docilement, à la manière d'une servante recevant ses gages.

Everton n'aimait pas les enfants de la nouvelle génération et il rendait responsables de ce qu'il n'aimait pas en eux les méthodes d'éducation pratiquées dans les écoles modernes. Ce fut peut-être pour cette raison qu'il n'envoya pas Monica en classe ; ou peut-être souhaitait-il voir comment la fillette réagirait à ses propres méthodes d'éducation. Monica savait déjà lire et écrire et son tuteur avait mis sa vaste bibliothèque à son entière disposition ; une bibliothèque qui comportait tous les genres de livres imaginables, depuis de lourds volumes consacré à des sujets abscons jusqu'à de petits romans de gare récemment parus et que Miss Gribbin avait laissés là. Everton ne lui interdisait rien, ne lui recommandait rien non plus, et se contentait de regarder l'arbre pousser tout seul, sans prendre la peine de le surveiller ou de l'élaguer.

Miss Gribbin était la secrétaire d'Everton. C'était le genre de femme au visage en lame de couteau et à la poitrine plate, d'âge mûr et d'apparence asexuée, qui pouvait aisément partager la maison d'un célibataire sans courir le risque de provoquer des ragots. À ses tâches habituelles, elle devait à présent ajouter l'éducation de Monica en ce qui regardait certaines matières élémentaires. C'est ainsi que Monica apprit qu'un homme du nom de Guillaume le Conquérant était arrivé en Angleterre en 1066 ; mais pour savoir quel genre d'homme était ce Guillaume, la fillette dut consulter dans la bibliothèque divers ouvrages, souvent contradictoires, que plusieurs historiens lui avaient consacré. Miss Gribbin lui enseignait des faits bruts et irréfutables ; pour le reste, c'était à elle de se débrouiller toute seule. Dans la bibliothèque, tous les royaumes de la réalité et de la fiction entouraient Monica et la porte de chacun d'eux restait entrouverte comme pour l'inviter à entrer.

Monica adorait lire. C'était d'ailleurs sa seule distraction car Everton ne connaissait aucun autre enfant de son âge et traitait la fillette comme si elle eût été un membre adulte de la maisonnée. Elle lut ainsi à peu près tout, depuis des traductions de l'Iliade jusqu'aux contes d'Andersen, depuis la Bible jusqu'aux incontinences sentimentales des modernes femelles pourvoyeuses de fiction.

Everton, bien qu'il l'observât avec attention en lui posant fréquemment des questions d'apparence innocente, ne parvenait jamais à pénétrer ses pensées.

Les rêves confus qu'elle pouvait bâtir en imaginant un monde étrange autour de la maison de Hampstead – un monde de dieux, de fées et de démons, un monde aussi où des hommes robustes et silencieux faisaient l'amour à des jeunes femmes avides de mièvreries romantiques –, ces rêves, elle les gardait pour elle. Le goût du secret était le seul point qu'elle eût en commun avec les autres enfants, et Everton remarqua qu'elle ne jouait jamais.

À la différence de la plupart des jeunes animaux, elle n'avait pas l'instinct du jeu. Sans doute avait-il été détruit en elle par les réalités de l'existence qu'elle avait menée du vivant de son père. Généralement, les enfants seuls inventent leurs propres jeux en créant toute sorte de situations imaginaires. Mais Monica, l'air aussi sombre qu'un animal en cage, dénuée tout à la fois des charmes et des effronteries de l'enfance, pleurant rarement et riant encore moins, se montrait toujours si sérieuse qu'on aurait cru son visage de bois. Il arrivait même parfois qu'Everton en éprouvât quelque remords et presque de la peur...

Lorsque Monica eut atteint l'âge de douze ans, Everton déménagea de Hampstead pour aller s'installer dans une maison isolée, située au cœur du Suffolk et qui faisait partie d'un patrimoine dont il avait récemment hérité. C'était une haute maison rectangulaire, bâtie au temps de la reine Anne, sur un tertre qui dominait des terres marécageuses et des bois de hêtres aux troncs courbés par les vents. La maison avait été autrefois un domaine seigneurial, mais aujourd'hui, le terrain qui s'y rattachait se trouvait considérablement réduit. Une courte allée, bordée d'arbustes, menait du lourd portail de fer forgé jusqu'à un cercle de gazon, orné de massifs de fleurs, qui s'étendait devant la maison. Derrière le bâtiment principal, un jardin de presque un hectare foisonnait de mauvaises herbes et de fleurs sauvages. Les différentes pièces étaient hautes de plafond et bien ensoleillées, mais la maison dans son ensemble avait un air morose comme un être vivant incapable de surmonter quelque ancien accès de mélancolie.

Everton avait décidé de s'établir là pour toute sorte de raisons. Pendant une partie de l'année, il avait vraiment essayé de louer ou de vendre cette maison, mais il s'était finalement aperçu qu'il lui serait beaucoup plus facile de se débarrasser de sa demeure de Hampstead, et il avait alors résolu de déménager. Sa nouvelle résidence se trouvait à un kilomètre et demi d'un village isolé du Suffolk et lui offrait toute la solitude dont il avait besoin. Par surcroît, il était inquiet pour sa santé – son système nerveux avait toujours été fragile – et son médecin lui avait recommandé l'air revigorant de l'East Anglia.

Le fait que la maison fût trop grande pour lui ne

le contrariait pas le moins du monde. Il avait réparti ses meubles dans le même nombre de pièces qu'à Hampstead, laissant les autres vides. Il n'augmenta pas davantage le nombre de ses domestiques, gardant trois serviteurs et un jardinier. Miss Gribbin, plus indispensable que jamais, l'accompagna ; et Monica également qui allait ainsi pouvoir connaître un autre aspect de la vie, avec ce même stoïcisme imperturbable qu'Everton avait remarqué dès leur première rencontre.

En ce qui concernait Monica, la tâche de Miss Gribbin devenait de plus en plus une sinécure et les « leçons », à présent, ne lui prenaient pas plus d'une demi-heure par jour. À mesure qu'elle grandissait, la fillette assurait de mieux en mieux sa propre éducation en fouillant dans la bibliothèque. Entre Monica et Miss Gribbin, il n'y avait jamais eu ni amour, ni sympathie et jamais elles n'avaient affecté d'éprouver l'un ou l'autre. Leurs devoirs communs à l'égard d'Everton leur imposaient simplement certaines obligations qu'elles se devaient l'une à l'autre et qu'elles accomplissaient scrupuleusement. Leurs relations commençaient et finissaient là.

Everton et Miss Gribbin aimèrent d'emblée la maison. Elle convenait à leurs tempéraments respectifs qui se ressemblaient par leur manque d'exubérance. Lorsqu'on lui demanda si cet endroit lui plaisait également, Monica répondit simplement « oui » d'un ton qui exprimait une profonde et totale indifférence.

Tous les trois, chacun à sa manière, menèrent dans la nouvelle demeure la même vie qu'à Hampstead. Il y eut cependant chez Monica un très léger changement, si imperceptible et si subtil qu'il se passa plusieurs semaines avant qu'Everton ou Miss Gribbin le remarquent. Ce fut au début du printemps, à la fin d'un après-midi, qu'Everton nota quelque chose d'inhabituel dans le comportement de Monica.

Il avait fouillé la bibliothèque pour essayer de trouver un de ses propres livres intitulé *Le Déclin du Commonwealth britanique*. Ne parvenant pas à mettre la main dessus, il descendit chercher Miss Gribbin et rencontra Monica au pied du long escalier de chêne. Il lui demanda à tout hasard si elle n'avait pas vu le livre et la fillette levant la tête d'un geste vif, lui répondit alors avec un sourire inaccoutumé :

« Oh ! si, je l'ai lu et je crois bien que je l'ai laissé dans la salle de classe. Je vais aller voir. »

Pour elle, c'était là un long discours, mais Everton y prit à peine garde sur le moment. Son attention était fixée sur autre chose.

« *Où* l'as-tu laissé ? demanda-t-il.

— Dans la salle de classe, répéta Monica.

— Il n'y a pas de salle de classe, ici », répondit sèchement Everton.

Il avait horreur des erreurs de vocabulaire, même lorsqu'il ne s'agissait que de désigner une pièce.

« Miss Gribbin te donne généralement tes leçons dans la bibliothèque ou la salle à manger, reprit-il ; si c'est dans l'une de ces deux pièces que tu as laissé le livre, je te prie de la désigner par le mot qui lui convient. »

Monica hocha la tête en signe de dénégation.

« Non, non, c'est bien la salle de classe que je voulais dire, la grande salle vide juste à côté de la bibliothèque. C'est comme ça qu'on l'appelle. »

Everton connaissait cette pièce. Elle était orientée au nord et semblait la plus sombre et la plus triste de toutes les pièces de la maison. Il s'était vaguement demandé parfois pourquoi Monica passait tant de temps dans un endroit sans meubles qui ne lui offrait pour s'asseoir qu'un parquet dépourvu de tapis et un large rebord de fenêtre sans coussin ; mais il avait attribué cette habitude à son génie de ne jamais rien faire comme les autres.

« Qui l'appelle comme cela ? demanda Everton.

— Mais *c'est* son nom, voilà tout », répondit Monica avec un sourire.

Elle monta les marches quatre à quatre et revint bientôt avec le livre qu'elle lui tendit en souriant une nouvelle fois. Everton se demanda ce qui arrivait. C'était étonnant et plutôt agréable de la voir courir ; d'ordinaire, elle se déplaçait d'une démarche lourde

et gauche lorsqu'on lui demandait de faire quelque chose. Et de plus, elle avait souri deux ou trois fois en l'espace d'une minute. Il se rendit compte alors que, pendant un instant, elle s'était montrée plus vive et plus heureuse qu'elle ne l'avait jamais été à Hampstead.

« Qu'est-ce qui t'a donc amenée à appeler cette pièce la salle de classe ? demanda-t-il en lui prenant le livre des mains.

— *C'est* la salle de classe », insista-t-elle en appuyant bien sur le verbe pour essayer de faire oublier qu'elle répondait à côté.

Ce fut tout ce qu'il put tirer d'elle. Comme il lui

posait encore la question, la fillette cessa de sourire et son visage pâle et lisse perdit à nouveau toute expression. Il sut alors qu'il était inutile d'insister mais sa curiosité avait été éveillée. Il interrogea Miss Gribbin et les domestiques et on lui répondit que personne dans la maison n'avait jamais appelé « salle de classe » la longue pièce vide contiguë à la bibliothèque.

De toute évidence, c'était Monica qui lui avait donné ce nom. Mais pourquoi ? Elle était si loin de tout ce qui pouvait avoir trait à l'école et aux salles de classe. Quelque germe d'imagination était né dans son esprit et cette constatation stimula l'intérêt d'Everton. Il était comme un médecin qui vient de déceler chez un patient un symptôme anormal.

« Monica semble beaucoup plus vive et plus éveillée qu'à l'ordinaire, fit-il remarquer à Miss Gribbin.

— En effet, approuva la secrétaire, je m'en suis rendu compte. Elle apprend à jouer.

— À jouer quoi ? Du piano ?

— Non, non, à jouer à des jeux d'enfants. Vous ne l'avez jamais entendue danser et chanter ? »

Everton hocha la tête et parut intéressé.

« Non jamais, répondit-il, peut-être ma présence contrarie-t-elle son... son exubérance...

— Je l'entends parfois, lorsqu'elle se trouve dans cette pièce vide qu'elle s'obstine à appeler la salle de classe. Elle se tait quand elle m'entend approcher. Je n'ai pas à m'en mêler, bien sûr, mais je préférerais qu'elle ne parle pas toute seule. Je n'aime pas les gens qui font cela. D'une certaine manière, j'en ressens comme un... comme un malaise...

— J'ignorais qu'elle parlait toute seule, dit lentement Everton.

— Et elle tient de longues conversations ; je n'ai jamais entendu ce qu'elle disait précisément mais, parfois, on dirait qu'elle se trouve au milieu d'un cercle d'amis.

— Dans cette même pièce ?

— En général, oui », dit Miss Gribbin avec un hochement de tête.

Everton regarda sa secrétaire avec un long sourire pensif.

« Il est toujours extrêmement intéressant d'assister à une évolution, dit-il, je suis content que Monica se plaise dans cette maison. Je crois d'ailleurs que cet endroit nous convient à tous. »

Il y avait un certain scepticisme dans sa voix lorsqu'il prononça ces derniers mots, et ce fut d'un ton aussi peu convaincu que Miss Gribbin approuva ce qu'il venait de dire. Everton doutait depuis quelque temps que son déménagement eût amélioré sa santé. Pendant les deux premières semaines, il s'était trouvé mieux, ses nerfs avaient bénéficié du changement d'air, mais à présent, il sentait venir une

rechute. Son imagination commençait à lui jouer des tours, peuplant son esprit de perceptions vagues et trompeuses. Parfois, quand il écrivait tard le soir – il avait coutume de travailler la nuit en buvant du café fort pour rester éveillé –, il était victime de troubles nerveux particulièrement pénibles dont il avait du mal à comprendre l'origine et qu'il ne parvenait pas à combattre ; il était alors obligé d'aller se coucher en éprouvant un sentiment de défaite.

Cette même nuit, il eut à subir l'une des manifestations de ce fréquent malaise.

Il était presque minuit lorsqu'il ressentit une impression désagréable qu'il reconnut pour de la peur. Il travaillait dans une petite pièce, attenante au salon, qu'il avait choisie pour y installer son bureau. Tout d'abord, il remarqua à peine cette sensation. Les symptômes se déclaraient toujours peu à peu et il en sentait peser le poids par degrés successifs.

Pour commencer, il fut oppressé par le silence de la maison. Il en prit une conscience de plus en plus aiguë, jusqu'à ce qu'il devienne une réalité tangible, comme une prison aux murs épais qui se seraient dressés autour de lui.

Le grincement de sa plume sur le papier soulagea au début cette tension. Il écrivait des mots et les raturait dans le seul but d'entendre ce bruit rassurant. Mais ce réconfort lui-même fut de courte durée ; bientôt, en effet, il lui sembla que le faible grattement attirait l'attention sur lui. Oui, c'était cela. On l'observait.

Everton resta assis, tout à fait immobile, sa plume suspendue à quelques centimètres au-dessus de la feuille de papier déjà à moitié recouverte d'écriture. Cette sensation lui devenait familière. On l'observait. Qui ? Et de quel coin de la pièce ?

Il força ses lèvres à esquisser un sourire. À certains moments, il pensait qu'il était ridicule, à d'autres, il se demandait avec désespoir s'il était au pouvoir de quiconque de maîtriser ses nerfs. L'expérience lui avait enseigné que le seul remède – et encore, tout à fait temporaire – consistait à aller se coucher. Il resta assis, cependant, anxieux d'en savoir plus sur lui-même et d'amener ses vagues perceptions à prendre une forme définitive.

Il avait beau attribuer à son imagination ce sentiment d'être observé, il ne pouvait pour autant s'empêcher d'avoir peur. Ce battement précipité contre ses côtes était un signe de frayeur que son cœur lui communiquait. Mais il ne bougeait toujours pas, attendant de savoir dans quelle partie de la pièce son imagination allait situer ces fameux « espions » – car c'étaient plusieurs regards qu'il sentait posés sur lui.

Au début, l'expérience échoua. Il était trop crispé dans son immobilité et cherchait trop à se contrôler, créant ainsi une barrière mentale. Il s'en rendit compte peu après et relâcha sa tension, s'efforçant du mieux qu'il pouvait de libérer complètement son esprit, comme s'il eût participé à quelque séance d'hypnotisme ou de télépathie.

Presque aussitôt, il eut en tête l'image de la porte et, par la pensée, son regard se tourna dans cette direction comme l'aiguille d'une boussole s'oriente vers le nord. Avec les yeux de son imagination, il vit alors la porte. Elle était entrouverte, et des visages se pressaient dans cet entrebâillement. Quels visages, il n'aurait su le dire. C'étaient des visages, tout simplement, et son esprit refusait de lui en dire plus. Il devinait, cependant, que ces espions étaient timides ; qu'ils avaient d'une certaine manière aussi peur de lui qu'il avait peur d'eux ; et que pour provoquer leur fuite, il n'aurait eu qu'à tourner la tête et à les regarder, avec ses yeux véritables, cette fois.

La porte se trouvait sur le côté. Il tourna soudain la tête et y jeta un bref regard du coin de l'œil.

Son imagination l'avait peut-être trompé, mais elle lui avait donné en tout cas une vision exacte de la porte elle-même, car celle-ci était bel et bien entrouverte, alors qu'il aurait juré l'avoir fermée lorsqu'il était entré dans la pièce. L'ouverture était vide, cependant. Seule une obscurité épaisse et compacte emplissait l'entrebâillement, depuis le plancher jusqu'au linteau. Mais bien qu'il n'eût rien vu, il avait vaguement conscience que quelque chose venait de disparaître, dans une débandade silencieuse et incroyablement rapide, comme le frétillement d'une truite dans une eau peu profonde.

Everton se leva, s'étira et frotta ses yeux fatigués en se disant qu'il ferait mieux d'aller se coucher. Ses malaises nerveux le faisaient suffisamment souffrir, les encourager eût relevé de la folie.

Mais tandis qu'il montait les escaliers, il avait toujours l'impression de n'être pas seul. Timides, craintifs, prêts à se fondre dans les ombres des murs s'il tournait la tête vers eux, ils le suivaient, chuchotant sans bruit, en se tenant par la main ou par le bras, et en l'observant avec une curiosité inquiète et méfiante, une curiosité... d'enfants.

Le pasteur avait rendu visite à Everton. Il s'appelait Parslow et c'était le type même du pasteur de campagne, de l'espèce la plus pauvre : grand, le visage taillé à coups de serpe, l'air misérable et inquiet, il avait environ quarante-cinq ans et semblait de toute évidence avoir les plus grandes difficultés à joindre les deux bouts avec son maigre traitement.

Everton le reçut d'une manière courtoise, mais avec une certaine froideur, montrant clairement à son visiteur qu'il n'avait rien en commun avec lui. Parslow était visiblement déçu : les « nouveaux », en effet, n'étaient pas du genre à aller à l'église, ni à s'intéresser aux affaires de la paroisse. Les deux hommes firent quelques tentatives pour trouver un terrain d'entente, mais sans conviction et sans succès. Ce fut au moment où il s'apprêtait à repartir que le pasteur mentionna Monica.

« Vous avez une petite fille, je crois ? dit-il.

— Oui, c'est ma pupille.

— Ah !... J'imagine qu'elle doit se sentir seule, ici. J'ai moi-même une petite fille du même âge. Actuellement, elle est en pension dans son école, mais elle reviendra bientôt à la maison pour les vacances de Pâques. Je suis sûr qu'elle serait ravie si votre... heu... pupille venait jouer avec elle au presbytère un de ces jours. »

Cette proposition ne suscita guère l'enthousiasme d'Everton qui se contenta de formuler quelques remerciements de pure forme. Cette autre petite fille, bien qu'elle eût pour père un pasteur, portait peut-être en elle la contagion de l'éducation moderne, et aurait pu contaminer Monica en lui enseignant l'effronterie et le langage relâché qu'il détestait tant chez les enfants de cette génération. En outre, il était

bien décidé à avoir aussi peu de relations que possible avec le presbytère.

Ces temps-ci, la fillette éveillait de plus en plus son intérêt. Elle avait beaucoup changé, presque autant que si elle eût passé un trimestre à l'école ; son vocabulaire l'étonnait et le rendait perplexe : elle employait en effet des expressions que personne dans la maison ne lui avait apprises. Ce n'était pas le jargon qu'on entendait si souvent dans la bouche des jeunes élégants de l'époque, mais plutôt le langage familier et de bon ton qui était d'usage dans les familles au temps de sa propre jeunesse. Un matin, elle fit remarquer, par exemple, que Mead, le jardinier, était un as pour tailler les vignes vierges.

Un as ! Cette expression ramena Everton très longtemps en arrière ; très exactement dans une chambre d'enfant d'une solide et respectable maison de Belgravian Square où pour la première fois, il avait entendu employer ce mot dans le même sens. Sa sœur Gertrude, âgée de dix ans, qui était réputée pour utiliser volontiers les expressions familières qu'elle entendait autour d'elle, annonça un jour qu'elle devenait un as en français. En ce temps-là, un expert était appelé un « as » ou un « aigle » et non pas comme aujourd'hui « un type terrible ». Mais qui était encore qualifié d'« as », à l'époque moderne ? Il y avait des années qu'Everton n'avait plus entendu ce terme.

« Où as-tu appris ce mot ? demanda-t-il d'une voix si étrange que Monica le regarda avec appréhension.

— Ce n'est pas correct ? » s'inquiéta-t-elle.

Elle avait posé la question sur le ton d'une jeune élève qui aurait eu peur de n'avoir pas bien assimilé le vocabulaire en usage dans sa nouvelle école.

« C'est une expression familière, répondit Everton avec une froideur de puriste, on l'emploie pour qualifier une personne qui excelle en quelque chose. Où as-tu entendu cela ? »

Elle sourit sans répondre, d'un sourire mystérieux qui exprimait en même temps une certaine coquetterie enfantine. Elle s'était toujours réfugiée dans le silence, mais ce n'était plus cette fois un silence maussade. Elle changeait vraiment très vite, et d'une manière qui déconcertait son tuteur. Après l'avoir interrogée en vain, il confia le jour même ses préoccupations à Miss Gribbin.

« Cette enfant, dit-il, doit sûrement lire certains livres sans que nous en sachions rien.

— En ce moment, elle est plongée dans Dickens et Stevenson, répondit Miss Gribbin.

— Dans ce cas, où donc va-t-elle chercher ces expressions ?

— Je ne sais pas, répliqua Miss Gribbin d'un ton

irrité, j'ignore également où elle a appris à jouer au Cat's Cradle[1].

— Comment ? Ce jeu à base de ficelle ? Elle s'amuse à cela ?

— L'autre jour, je l'ai surprise en train de faire une figure très compliquée. Elle ne m'a pas dit, cependant, comment elle a appris à y jouer. J'ai demandé aux domestiques, mais ce ne sont pas eux qui lui ont montré comment s'y prendre. »

Everton fronça les sourcils.

« Et il n'y a aucun livre dans la bibliothèque qui enseigne à jouer avec des ficelles. Pensez-vous qu'elle aurait pu nouer une amitié secrète avec des enfants du village ? »

Miss Gribbin hocha la tête en signe de dénégation.

« Elle a un caractère trop difficile pour cela. D'ailleurs, elle va rarement seule au village. »

La conversation s'arrêta là pour cette fois. Everton, avec la curiosité d'un homme de science, observait l'enfant d'aussi près et avec autant d'attention que possible en prenant soin toutefois de ne pas éveiller sa méfiance. La fillette évoluait très vite. Il avait toujours su qu'elle évoluerait, mais elle le faisait d'une manière stupéfiante qui le laissait perplexe et défiait toute théorie préconçue. L'arbre laissé à lui-même n'était pas seulement en train de grandir, il

---

1. Cat's Cradle : littéralement Berceau du Chat, jeu qui consiste à former diverses figures avec une ficelle passée entre les doigts des deux mains.

semblait également s'élaguer tout seul. C'était comme si Monica avait subi des influences extérieures qui ne venaient ni de lui ni de quiconque d'autre parmi les habitants de la maison.

L'hiver s'éternisait et des jours sombres et pluvieux obligeaient Miss Gribbin, Monica et Everton à rester enfermés dans la maison. Les occasions ne manquaient pas d'observer la fillette et un jour, par un après-midi de mauvais temps, alors qu'il passait devant la porte de la pièce que Monica appelait la salle de classe, Everton s'arrêta et écouta. Il se rendit très vite compte que ce qu'il faisait s'apparentait à de l'espionnage et un bref conflit s'engagea en lui entre le psychologue et le gentleman ; le psychologue remporta provisoirement la victoire et Everton, s'approchant de la porte d'un pas lourd, l'ouvrit à la volée.

La sensation qu'il éprouva en poussant la porte fut indéfinissable et quelque peu troublante mais elle n'avait absolument rien de nouveau pour lui. Récemment, il lui était arrivé à plusieurs reprises, en général après la tombée de la nuit, d'entrer dans une pièce vide en ayant l'impression que d'autres présences l'occupaient juste avant qu'il n'en eût franchi le seuil. Et son arrivée ne semblait pas déranger un ou deux êtres, mais toute une communauté. Il les sentait – plus qu'il ne les entendait – s'enfuir à la hâte, s'envolant silencieusement comme des ombres vers quelque mystérieuse cachette d'où ils l'observaient en retenant leur souffle et en attendant qu'il s'en aille. Lorsqu'il entra, il ressentit la même atmosphère de tension et regarda autour de lui comme s'il eût espéré voir quelqu'un d'autre en compagnie de Monica, assise sur le plancher, ou tout au moins des indices indiquant que d'autres enfants se cachaient quelque part. Si la pièce avait été meublée. il aurait sans nul doute involontairement vérifié qu'aucune chaussure ne dépassait de sous une table ou un canapé, qu'aucun pan de vêtement involontairement exposé ne trahissait une présence cachée.

D'un mur à l'autre, cependant, et du sol au plafond, la longue pièce était vide, si l'on exceptait Monica. Face à Everton, les vitres des hautes fenêtres étaient mouchetées de fines gouttes de pluie. À son entrée, Monica dont la silhouette se découpait contre la lumière blanchâtre qui pénétrait par les carreaux, leva les yeux vers lui. Everton eut le temps de voir un sourire disparaître de ses lèvres. Il devina également à un léger mouvement de ses épaules qu'elle cachait quelque chose dans ses mains jointes derrière son dos.

« Bonjour, dit-il avec une gentillesse forcée, qu'est-ce que tu fais de beau ?

— Rien, répondit-elle, mais d'un ton beaucoup moins triste que celui qu'elle eût employé naguère.

— Allons, reprit Everton, ce n'est pas vrai, tu étais

en train de parler toute seule. Il ne faut pas faire ça. C'est une sotte habitude et tu vas devenir folle si tu continues. »

Elle inclina légèrement la tête en avant.

« Je ne parlais pas toute seule », dit-elle à voix basse.

Son ton était à la fois enjoué et réfléchi.

« Ne dis pas de sottises, je t'ai entendue.

— Je ne parlais pas toute seule.

— Bien sûr que si, il n'y a personne d'autre dans cette pièce.

— Il n'y a personne... maintenant.

— Maintenant ? Que veux-tu dire ?

— Elles sont parties, tu leur as fait peur, je crois bien.

— Que veux-tu dire ? répéta-t-il en faisant un pas vers elle, et qui appelles-tu “elles” ? »

En même temps, il se mit en colère contre lui-même. Il parlait avec gravité et la fillette se moquait presque de lui. On aurait dit qu'elle éprouvait un sentiment de triomphe à l'idée d'avoir réussi à lui faire prendre au sérieux ses jeux imaginaires.

« Tu ne comprendrais pas, dit-elle.

— Ce que je comprends, c'est que tu es en train de perdre ton temps et de te conduire comme une petite sotte. Qu'est-ce que tu caches derrière ton dos ? »

Elle tendit aussitôt sa main droite et l'ouvrit, montrant un dé à coudre. Everton regarda l'objet puis le visage de la fillette.

« Et pourquoi est-ce que tu cachais cela ? demanda-t-il. Ce n'était pas la peine. »

Elle lui adressa un sourire vague et mystérieux – ce nouveau sourire qui lui était devenu coutumier – avant de répliquer :

« On était en train de jouer avec. Je ne voulais pas que tu le saches.

— *Tu* étais en train de jouer avec, veux-tu dire. Et pourquoi ne voulais-tu pas que je le sache ?

— À cause d'elles. Parce que je pensais que tu ne

comprendrais pas. Et d'ailleurs, tu ne comprends pas. »

Il se rendit compte qu'il était inutile de feindre la colère ou même de montrer de l'agacement. Il parla donc avec douceur, en essayant même de faire preuve de bienveillance.

« Qui sont : "elles" ? demanda-t-il.

— Elles, tout simplement. Les autres filles.

— Ah !... Et elles viennent jouer avec toi, c'est cela ? Et quand j'arrive, elles s'en vont parce qu'elles ne m'aiment pas. C'est bien cela, n'est-ce pas ? »

Elle hocha la tête.

« Ce n'est pas qu'elles ne t'aiment pas. Je crois qu'elles aiment tout le monde. Mais elles sont si timides... Même avec moi, elles ont été timides pendant très longtemps. Je savais qu'elles étaient là mais j'ai attendu des semaines et des semaines qu'elles se décident à venir jouer avec moi. Et même, simplement pour qu'elles se montrent, il a fallu des semaines.

— Vraiment ? Et à quoi ressemblent-elles ?

— Oh ! ce sont des petites filles. Et elles sont vraiment très très gentilles. Certaines sont un peu plus âgées que moi, d'autres un peu plus jeunes. Et elles ne s'habillent pas comme les autres petites filles qu'on voit aujourd'hui. Elles sont en blanc, avec de longues jupes et des ceintures à nœuds. »

Everton inclina la tête d'un air grave. « Elle a dû

aller chercher ça dans un livre qu'elle a trouvé dans la bibliothèque », pensa-t-il.

« J'imagine que tu ne connais pas leurs noms ? » demanda-t-il en espérant qu'aucune nuance de moquerie n'était perceptible dans son ton, qu'il s'efforçait de rendre sincère et désinvolte tout à la fois.

« Oh ! si, il y a Mary Hewitt – je crois que c'est elle que j'aime le mieux – et puis Elsie Power, et aussi...

— Il y en a combien en tout ?

— Sept. C'est un bon chiffre. Et ici c'est la salle de classe dans laquelle on joue. J'adore jouer. J'aurais bien voulu apprendre des jeux avant.

— Et vous avez joué avec ce dé ?

— Oui. C'est un jeu qui s'appelle "Cherchez le dé". L'une d'entre nous le cache quelque part et les autres le cherchent et celle qui le trouve le cache à son tour.

— Tu veux dire que tu le caches toi-même et qu'ensuite tu le cherches... »

Le sourire disparut aussitôt de son visage et son regard lui indiqua que ses confidences s'arrêtaient là.

« Tu vois, s'exclama-t-elle, finalement, tu ne comprends rien. Je m'en doutais que tu ne comprendrais pas. »

Everton, cependant, pensait avoir compris et il eut soudain un sourire de soulagement.

« Ça ne fait rien, dit-il, mais à ta place, je ne jouerais pas trop. »

Puis il quitta la pièce. Mais il eut la curiosité de s'attarder un moment pour écouter à la porte qu'il venait de refermer derrière lui. Il entendit alors Monica murmurer :

« Mary ! Elsie ! Venez ! Tout va bien, il est parti, maintenant. »

Un autre murmure, très différent de celui de Monica, le fit sursauter. Mais il sourit aussitôt, en se moquant de lui-même. Il était bien naturel que Monica essayât de changer sa voix à chaque fois qu'elle jouait le rôle d'un des personnages inventés par elle. Il descendit l'escalier, plongé dans ses pensées qui l'amenèrent à quelques conclusions intéressantes. Il en fit part peu après à Miss Gribbin.

« J'ai découvert la cause du changement que nous avons observé chez Monica, dit-il. Elle s'est inventé quelques amies imaginaires, d'autres petites filles, bien entendu. »

Miss Gribbin sursauta imperceptiblement et leva les yeux du journal qu'elle était en train de lire.

« Vraiment ? s'étonna-t-elle, c'est plutôt malsain, ne trouvez-vous pas ?

— Non, je ne crois pas. Il est très courant que les enfants créent autour d'eux des personnages fictifs, surtout les petites filles. Je me souviens que ma sœur avait ainsi une amie imaginaire et qu'elle se mettait très en colère lorsque nous ne la prenions pas au sérieux. En ce qui concerne Monica, je dirais que c'est parfaitement normal – normal et intéressant. Elle a dû hériter de l'imagination de son père et elle s'est inventé sept amies, dont chacune a son propre nom, s'il vous plaît... Étant seule et n'ayant pas de camarades de son âge, il est tout à fait naturel qu'elle se soit créé plusieurs "amies", et non pas une seule. Et figurez-vous qu'en plus, elles sont toutes habillées avec beaucoup d'élégance, à la mode victorienne telle qu'elle a dû la découvrir dans un des livres de la bibliothèque.

— Ça ne peut pas être très sain, répéta Miss Gribbin en pinçant les lèvres. Et je ne comprends toujours pas comment elle a pu apprendre certaines expressions, cette manière de parler, ou ces jeux...

— Dans des livres. Et elle fait comme si c'étaient ses "amies" qui lui avaient enseigné tout cela. Mais l'aspect le plus intéressant de toute cette histoire, c'est qu'elle m'a donné l'occasion de faire ma première expérience de télépathie ; or, jusqu'à présent, j'étais plutôt sceptique quant à la réalité de la transmission de pensée. Mais depuis que Monica a inventé ce nouveau jeu, et avant qu'elle ne me l'ait dit, j'ai eu l'impression à plusieurs reprises qu'il y avait plein de petites filles dans la maison. »

À nouveau, Miss Gribbin sursauta et regarda fixement Everton. Ses lèvres s'entrouvrirent comme si elle allait parler, mais elle sembla se raviser au moment précis où elle s'apprêtait à prononcer le premier mot qu'elle avait en tête.

« En inventant ces "amies", poursuivit Everton, Monica me les a également fait connaître par un phénomène télépathique. Ces derniers temps, j'étais très inquiet de l'état de mes nerfs. »

Miss Gribbin se leva d'un bond, comme si elle était en colère, mais son front était lisse, et les coins de sa bouche s'affaissèrent.

« Mr. Everton, dit-elle, j'aurais mieux aimé que vous ne me parliez pas de tout cela. »

Ses lèvres tremblèrent.

« Il se trouve, ajouta-t-elle d'une voix mal assurée, que je ne crois pas à la télépathie. »

Pâques, qui tombait tôt cette année-là, ramena la petite Gladys Parslow au presbytère pour les vacances. Everton eut connaissance du fait en recevant un mot que le pasteur lui avait envoyé pour inviter Monica à jouer et à prendre le thé avec sa fille le mercredi suivant.

Cette invitation agaça et embarrassa Everton. C'était là l'élément perturbateur, l'influence extérieure qui pouvait contrarier l'expérience qu'il menait avec l'éducation de Monica. Il avait évidemment toute liberté de décliner purement et simplement l'invitation d'une manière suffisamment froide et brève pour être sûr qu'elle ne serait pas renouvelée. Mais il n'était pas assez fort pour endurer sans dommage le vent de réprobation qu'entraînerait une telle attitude. C'était un homme sensible et il ne souhaitait pas paraître grossier, encore moins ridicule. Il choisit donc la solution de facilité en se disant qu'une seule enfant, du même âge que Monica, et dans l'ambiance de sa propre maison, ne pourrait pas produire une forte impression sur la fillette. Monica fut donc autorisée à aller au presbytère.

Monica elle-même semblait se réjouir à la perspective de cette visite, mais elle exprima sa satisfaction d'une manière discrète et réservée, comme aurait pu le faire un adulte. Miss Gribbin l'accompagna jusqu'à la porte de la maison du pasteur ; avec sa ponctualité coutumière, elle arriva à trois heures précises, par un après-midi lourd et maussade, et confia la fillette à la bonne à tout faire qui répondit à son coup de sonnette.

Miss Gribbin, à son retour, raconta comment les choses s'étaient passées. Une idée qu'elle pensait amusante lui était venue à l'esprit et en parlant à Everton, elle laissa échapper l'un de ses rares éclats de rire.

« Je l'ai laissée à la porte, dit-elle, je ne l'ai donc pas vue rencontrer l'autre petite fille. J'aurais aimé rester pour assister à ça. Ce devait sûrement être très drôle. »

Elle agaça Everton en parlant exactement comme si Monica avait été un animal captif à qui l'on aurait montré pour la première fois de sa vie un autre spécimen appartenant à la même espèce. L'analogie qui lui fut ainsi suggérée était cependant suffisamment proche de la vérité pour le faire tiquer. Il éprouva soudain comme un remords de conscience, et ce fut peut-être en cette circonstance qu'il se demanda pour la première fois s'il avait été vraiment équitable avec Monica.

Jamais il ne lui était arrivé de s'interroger pour essayer de savoir si elle était heureuse. En réalité, il comprenait si mal les enfants qu'à ses yeux, la cruauté physique était la seule forme de cruauté dont ils puissent souffrir. Eût-il pris la peine auparavant de se poser la question de son bonheur qu'il l'aurait probablement aussitôt chassée de ses pensées en se persuadant que Monica n'avait pas le droit de n'être pas heureuse. Il lui avait donné une maison agréable, avec même certains luxes, ainsi que toutes les conditions nécessaires à l'enrichissement de son esprit. Et elle avait pour compagnons Miss Gribbin, Everton lui-même, et dans une certaine mesure, les domestiques...

Pourtant, cette image que lui avaient inspirée les paroles de Miss Gribbin, ponctuées par cet éclat de rire injustifié, le tracassait. Il pensait à cette petite créature rencontrant pour la première fois une autre petite créature semblable et se sentant tout à fait désorientée, ne sachant que faire ni que dire. Il y avait là quelque chose de pathétique qui mettait Everton mal à l'aise. Ces amies imaginaires... Signifiaient-elles que Monica avait des besoins dont il ignorait tout, qu'il ne s'était jamais soucié de connaître ?

Everton n'était pas un homme méchant et il souffrait de penser qu'il ait pu se montrer trop rigoureux. Les enfants modernes dont il n'aimait ni les manières ni le comportement ne faisaient peut-être qu'obéir à quelque loi inexorable de l'évolution. N'était-il pas allé contre la Nature en tenant Monica à l'écart de tout contact avec eux ? Peut-être après tout Monica devait-elle naturellement et sans contraintes suivre les tendances de sa génération ?

Tandis qu'il marchait de long en large dans la petite pièce qui lui servait de bureau, il décida de faire des concessions. Il fallait observer Monica avec beaucoup plus d'attention et l'interroger chaque fois qu'il en aurait l'occasion. S'il s'apercevait alors qu'elle n'était pas heureuse, et qu'elle avait véritablement besoin de fréquenter d'autres enfants, il verrait ce qu'il pourrait faire en ce sens.

Cependant, lorsque Monica revint du presbytère, il fut tout à fait évident qu'elle ne s'était pas amusée. Elle avait l'air éteint et ne parla pas beaucoup de sa sortie. Il était clair que les deux fillettes ne s'étaient pas bien entendues. Lorsqu'on l'interrogea, Monica avoua qu'elle n'aimait pas... tellement Gladys. Elle fit cette réponse d'un air pensif et en marquant une petite pause avant l'adverbe.

« Et pourquoi ne l'aimes-tu pas ? demanda brusquement Everton.

— Je ne sais pas. Elle est si bizarre. Pas du tout comme les autres petites filles.

— Et que sais-tu donc des autres petites filles ? interrogea-t-il d'un air légèrement amusé.

— Eh bien, elle n'est pas du tout comme... »

Monica s'interrompit et baissa les yeux.

« Comme tes "amies", tu veux dire ? » demanda Everton.

Elle lui lança un regard bref et pénétrant puis baissa à nouveau les yeux.

« Oui, dit-elle, pas du tout comme elles... »

À l'évidence, elle ne pouvait pas leur ressembler. Everton cessa de la presser de questions et la laissa aller. Aussitôt, elle courut dans la grande salle vide pour y retrouver les étranges compagnes dont elle se contentait.

Pour l'instant, Everton était satisfait. Monica avait l'air parfaitement heureuse et n'éprouvait nul besoin de fréquenter Gladys ni sans doute aucun autre enfant. L'expérience qu'il menait avec elle paraissait réussir. Elle s'était inventé ses propres amies et s'empressait d'aller les retrouver pour jouer avec elles.

Tout cela lui sembla très bien, au début tout au moins. Everton pensa que c'était exactement ce qu'il avait souhaité, jusqu'au jour où il se rendit soudain compte, avec un sentiment de malaise, qu'il y avait là quelque chose d'anormal et de malsain.

Bien que, de toute évidence, Monica n'eût pas grand désir de revoir Gladys Parslow, les bons usages exigeaient que la fille du pasteur fût à son tour invitée. Selon toute vraisemblance, Gladys devait avoir aussi peu envie de rendre cette visite que Monica de la recevoir. Mais, répondant aux exigences d'une stricte discipline, elle se présenta à l'heure et au jour fixés par un échange de correspondance et Monica la reçut avec une dignité et une froideur que tempérait quelque peu une sorte d'amabilité d'adulte.

Monica entraîna son invitée dans la grande pièce vide et ce fut la dernière fois qu'Everton et Miss Gribbin virent Gladys cet après-midi-là, Monica reparut seule, en effet, lorsque la cloche sonna pour le thé et annonça d'une voix atone que Gladys était déjà rentrée chez elle.

« Tu t'es disputée avec elle ? demanda vivement Miss Gribbin.

— Oh ! non...

— Alors pourquoi est-elle partie comme ça ?

— Elle a été bête, répondit simplement Monica, c'est tout.

— C'est peut-être toi qui as été bête. Pourquoi est-elle partie ?

— Elle a eu peur.

— Peur ?

— Elle n'a pas aimé mes amies. »

Miss Gribbin et Everton échangèrent un regard.

« Ce qu'elle n'a pas aimé, c'est une petite fille très sotte qui parle toute seule et qui imagine des choses. Pas étonnant qu'elle ait eu peur.

— Au début, elle n'a pas cru qu'elles étaient vraies et elle s'est moquée de moi, dit Monica en s'asseyant.

— Naturellement.

— Et puis quand elle les a vues... »

Miss Gribbin et Everton l'interrompirent en même temps, répétant à l'unisson et avec le même étonnement les derniers mots prononcés par la fillette.

« Quand elle les a vues, poursuivit Monica sans se laisser démonter, elle n'a pas aimé ça. Je crois bien qu'elle a eu peur. En tout cas, elle a dit qu'elle ne voulait plus rester là et elle est tout de suite rentrée à la maison. Elle est vraiment bête. On a bien ri quand elle a été partie. »

Elle parlait, comme à l'accoutumée, sur un ton d'évidence et si elle éprouvait quelque satisfaction à constater que ses paroles avaient visiblement troublé Miss Gribbin, elle s'abstint cependant de le montrer. Miss Gribbin manifesta aussitôt des signes de colère.

« C'est très vilain de raconter de tels mensonges. Tu sais parfaitement bien que Gladys n'a pas pu voir tes “amies”. Tu lui as simplement fait peur en faisant semblant de parler à des gens qui n'existent pas et c'est bien fait pour toi si elle ne revient plus jamais jouer avec toi.

— Elle ne reviendra pas, dit Monica, et elle les a *vraiment* vues, Miss Gribbin.

— Comment le sais-tu ? demanda Everton.

— Je l'ai vu sur son visage. Et elle leur a parlé aussi quand elle a couru vers la porte. Elles étaient très timides au début, à cause de Gladys. Pendant un bon moment, elles n'ont pas voulu entrer, mais je leur ai demandé de venir quand même et finalement elles se sont montrées. »

D'un regard, Everton découragea un nouvel accès de colère de Miss Gribbin. Il voulait en savoir plus et il fit preuve pour cela de patience et de douceur.

« D'où sont-elles venues ? demanda-t-il, de derrière la porte ?

— Oh ! non, elles sont arrivées comme d'habitude.

— C'est-à-dire ? D'où sortaient-elles ?

— Je ne sais pas. Et je ne crois pas qu'elles le

savent elles-mêmes. Elles viennent toujours d'un endroit où je ne regarde pas. C'est bizarre, non ?

— En effet ! Et elles disparaissent toujours dans la même direction ? »

Monica fronça les sourcils d'un air sérieux et réfléchi.

« C'est si rapide qu'on ne peut pas dire où elles vont. Quand toi ou Miss Gribbin, vous entrez...

— Elles s'enfuient, bien entendu. Mais pourquoi ?

— Parce qu'elles sont terriblement, terriblement timides. Mais pas aussi timides qu'avant, quand même. Peut-être qu'un jour elles s'habitueront à toi et qu'elles n'auront plus peur.

— Voilà qui est rassurant ! » dit Everton avec un rire bref.

Lorsque Monica eut pris son thé et fut repartie, Everton se tourna vers sa secrétaire.

« Vous avez tort de gronder cette enfant. Ces êtres qu'elle invente sont tout à fait réels à ses yeux. Et son pouvoir de suggestion a été suffisamment fort pour que, d'une certaine manière, je ressente une présence. La petite Gladys étant plus jeune et plus réceptive a dû les *voir* véritablement. C'est un cas tout à fait évident de télépathie et d'autosuggestion. Je n'ai jamais étudié de telles matières, mais je crois que ces phénomènes ont quelque intérêt scientifique. »

Miss Gribbin pinça les lèvres et il la vit frissonner légèrement.

« Mr. Parslow ne sera pas content, se contenta-t-elle de dire.

— Je n'y peux vraiment rien. Et peut-être que c'est aussi bien ainsi. Si Monica n'aime pas Gladys, mieux vaut ne pas les remettre en présence. »

Everton fut cependant quelque peu embarrassé lorsque, le lendemain matin, il rencontra le pasteur au cours d'une promenade. Si le révérend Parslow savait que, la veille, sa fille avait quitté la maison d'un manière aussi peu cérémonieuse, il souhaiterait peut-être présenter des excuses, ou au contraire en exiger, selon la façon dont il jugeait la situation. Everton n'avait pas envie de faire ni de recevoir des excuses, il n'avait aucune intention de disserter sur les caprices des enfants, et de plus il voulait avoir aussi peu de relations que possible avec Mr. Parslow. Il se serait contenté de saluer le pasteur d'un signe de tête en le croisant, mais, comme il le craignait, Mr. Parslow s'approcha de lui.

« J'avais l'intention de venir vous voir », dit le révérend Parslow.

Everton s'arrêta et poussa un imperceptible soupir en pensant qu'après tout, cette rencontre fortuite au-dehors lui épargnerait une visite plus longue.

« Oui ? dit-il.

— Je vais faire quelques pas avec vous, si vous le permettez. »

Le pasteur lui lança un regard inquiet.

« Je voudrais vous dire quelque chose. Je ne sais pas si vous avez deviné ou si vous savez déjà. Dans le cas contraire, je ne sais pas comment vous allez réagir. Je ne sais vraiment pas. »

Everton paraissait interdit. Quelle que fût celle des deux fillettes qu'il rendît responsable du départ précipité de Gladys, il ne semblait pas nécessaire d'arborer un tel air de componction. « De quoi s'agit-il, est-ce si grave ? demanda-t-il.

— Je le crois, Mr. Everton. Vous n'ignorez pas, bien entendu, que ma fille a quitté hier votre maison d'une manière quelque peu hâtive.

— En effet, Monica nous a dit qu'elle était partie. Si elles ne s'entendaient pas, c'était sans doute la meilleure chose à faire, bien qu'il puisse paraître peu hospitalier de dire cela. Je vous prie de m'excuser, Mr. Parslow, mais j'espère que vous n'êtes pas en train de vouloir me mêler à une querelle d'enfants ? »

Le pasteur le dévisagea.

« Ce n'est pas mon intention, dit-il, et je ne savais pas qu'il y eût querelle. J'allais vous demander de bien vouloir pardonner à Gladys son comportement. Sa précipitation avait quelque excuse. La pauvre enfant a eu très peur.

— Dans ce cas, c'est à mon tour de vous exprimer

mes regrets. Monica m'a donné sa version des faits. C'est une fillette qui est très souvent laissée à elle-même et en l'absence de camarades de son âge, elle semble en avoir inventé.

— Ah ! dit le révérend Parslow en respirant profondément.

— Malheureusement, poursuivit Everton, Monica possède le don fort incommodant de transmettre aux autres ses propres fantasmes. Souvent, j'ai cru sentir la présence d'enfants dans la maison et je suis presque sûr que Miss Gribbin a éprouvé les mêmes sensations. Je crains que lorsque votre petite fille est venue jouer avec elle hier après-midi, Monica ne l'ait effrayée en lui présentant ses "amies" et en parlant à des petites filles imaginaires, donc invisibles. »

Le pasteur posa la main sur le bras d'Everton.

« Il y a quelque chose de plus, dit-il. Gladys n'est pas une fillette très imaginative ; en vérité, elle a même l'esprit très pratique. Par ailleurs, je ne l'ai jamais surprise à me mentir. Alors, quelle serait votre réaction, Mr. Everton, si je vous disais que Gladys a positivement affirmé qu'elle avait vraiment *vu* ces autres enfants ? »

Everton sentit passer sur lui comme un vent glacé. Un terrible soupçon, très vague et indéfinissable, prit naissance dans d'obscures régions de son esprit. Il

essaya de s'en défaire, de sourire et de parler d'un ton tout à fait détendu.

« Je n'en serais pas le moins du monde surpris, dit-il. Personne ne connaît les limites de la télépathie et de l'autosuggestion. Si je puis moi-même sentir la présence d'enfants que Monica a créées dans son imagination, pourquoi votre fille, qui est sans doute plus réceptive et plus impressionnable que moi, ne les aurait-elle pas vues ? »

Le révérend Parslow hocha la tête.

« Croyez-vous vraiment à ce que vous dites ? demanda-t-il, est-ce que cela ne vous semble pas un peu tiré par les cheveux ?

— Tout ce que nous ne comprenons pas peut sembler tiré par les cheveux. Si quelqu'un avait osé parler de télégraphie sans fil il y a seulement trente ans...

— Mr. Everton, reprit le pasteur, savez-vous que votre maison a été autrefois une école de filles ? »

Une fois encore, Everton éprouva un sentiment de malaise.

« Je l'ignorais, dit-il d'un ton toujours indifférent.

— Ma tante, que je n'ai jamais connue, y était élève. Elle y est même morte. Sept fillettes y sont mortes. Une épidémie de diphtérie s'était déclarée dans l'établissement, il y a de cela bien des années. L'école fut fermée peu après. Saviez-vous cela, Mr. Everton ? Ma tante s'appelait Mary Hewitt...

— Mon Dieu ! s'exclama aussitôt Everton, oh ! mon Dieu !

— Vous commencez à comprendre », dit Parslow.

Everton, soudain pris de vertige, se passa la main sur le front.

« C'est l'un... l'un des noms que Monica m'a donnés, bredouilla-t-il, comment pouvait-elle le connaître ?

— Oui, comment ? La grande amie de Mary Hewitt s'appelait Elsie Power. Elles sont mortes toutes deux à quelques heures d'intervalle.

— Ce nom aussi... elle me l'a donné... il y en avait sept en tout. Comment aurait-elle pu les connaître ? Même les gens du coin ne se seraient pas rappelé tous ces noms, après tant d'années.

— Gladys les connaissait, dit le pasteur, mais ce n'est qu'une des raisons pour lesquelles elle a eu si peur. Je pense pourtant qu'elle a été plus impressionnée qu'effrayée, car elle a su instinctivement que les enfants qui venaient jouer avec la petite Monica n'avaient en elles aucune méchanceté, bien qu'elles ne fussent pas de ce monde ; c'étaient des enfants bénies.

— Que voulez-vous dire ? s'exclama brusquement Everton.

— N'ayez pas peur, Mr. Everton. Vous n'avez pas peur, n'est-ce pas ? Si ceux que nous appelons morts restent proches de nous, quoi de plus naturel pour ces enfants que de venir jouer avec une petite fille solitaire qui n'a pas de compagnes de jeu ? Cela peut sembler incroyable, mais comment l'expliquer autrement ? Comment la petite Monica aurait-elle pu inventer ces deux noms ? Comment aurait-elle pu apprendre que sept petites filles sont mortes jadis dans votre maison ? Seules quelques très vieilles gens s'en souviennent encore dans la région, mais il leur serait impossible de dire combien il y eut de victimes ou de se rappeler le nom d'une seule d'entre elles. N'avez-vous pas remarqué quelques changements dans le comportement de votre pupille depuis qu'elle a commencé à... imaginer ces petites filles, comme vous le pensiez ? »

Everton hocha vivement la tête en signe d'approbation.

« Oui, dit-il, presque involontairement, elle a appris toute sorte d'expressions, des manières d'enfants qu'elle n'avait pas auparavant et des jeux... Je n'arrivais pas à comprendre d'où lui venait tout cela. Mr. Parslow, au nom du Ciel, que vais-je donc bien pouvoir faire ? »

Le révérend Parslow tenait toujours Everton par le bras.

« Si j'étais à votre place, j'enverrais Monica à l'école. Ce n'est peut-être pas très bon qu'elle reste ici.

— Pas très bon ? Mais vous avez dit que les enfants...

— Les enfants ? J'aurais pu aussi bien dire les anges. Elles ne lui feront jamais le moindre mal. Mais Monica est en train de développer une aptitude particulière à voir et à converser avec... avec des êtres que les autres ne peuvent ni voir ni entendre. Il ne faut pas encourager ce genre de don. Car elle pourrait un jour voir et entendre d'autres êtres... Des âmes malfaisantes qui ne seraient pas des enfants de Dieu. Si elle rencontre d'autres enfants de son âge, elle perdra peut-être cette faculté. C'est son besoin de compagnie, j'en suis persuadé, qui a attiré vers elle ces... compagnes de jeu.

— Il faut que je réfléchisse », dit Everton.

Il repartit, l'air complètement hébété. En quelques instants, le monde avait entièrement changé pour lui, il était à présent plus clair ; comme si, né aveugle, on lui avait soudain permis d'entrevoir quelques lueurs. Il n'avait plus devant les yeux un mur blanc et lisse, mais un rideau à travers lequel la vie véritable devenait perceptible, quoique d'une manière très vague. Et le bruit de ses pas sur le sol rythmait ces mots : « La mort n'existe pas. La mort n'existe pas. »

Ce soir-là, après le dîner, il envoya chercher Monica et lui parla d'une manière inhabituelle. Il était étrangement timide devant elle et ses mains

étaient posées maladroitement sur les maigres épaules de la fillette.

« Sais-tu ce que je vais faire de toi, jeune fille ? dit-il. Eh bien, je vais t'expédier à l'école.

— Oh ! c'est vrai ? demanda-t-elle en le regardant avec un demi-sourire.

— Tu veux y aller ? »

Elle réfléchit un instant en fronçant les sourcils, les yeux fixés sur l'extrémité de ses doigts.

« Je ne sais pas. Je ne veux pas *les* quitter.

— Qui ? demanda-t-il.

— Oh ! tu sais bien ! répondit-elle en détournant la tête avec une sorte de timidité.

— Tu veux dire... tes amies ?

— Oui.

— Tu n'as pas envie d'avoir d'autres camarades ?

— Je ne sais pas. Je *les* aime beaucoup, tu sais. Mais elles m'ont dit... elles m'ont dit qu'il fallait que j'aille à l'école si tu m'y envoyais. Peut-être qu'elles seraient fâchées avec moi si je demandais à rester ici. Elles voulaient que je puisse jouer avec d'autres petites filles qui ne soient pas comme... comme elles. Parce que, tu sais, elles sont différentes des autres enfants qu'on voit d'habitude. Et Mary m'a dit de... de ne pas chercher à connaître des gens qui seraient différents, comme elles. »

Everton prit une profonde inspiration.

« Demain, nous reparlerons de tout cela et nous te trouverons une école, Monica, dit-il, et maintenant, va vite te coucher. Bonne nuit, ma chérie. »

Il hésita un instant puis effleura d'un baiser le front de la fillette. Elle s'éloigna en courant, presque aussi gauche qu'Everton lui-même, rejeta ses longs cheveux en arrière, puis, arrivée à la porte, lui adressa

un bref regard d'une étrange intensité, un regard que jamais encore il ne lui avait connu.

Tard ce soir-là, Everton entra dans la grande pièce vide que Monica avait appelée la salle de classe. Traversant la fenêtre, un rayon de lune se dessinait sur le plancher ; cette clarté ne laissait rien voir, mais un sens inconnu et rudimentaire lui donnait la conscience très nette que de timides présences se dissimulaient dans la profondeur des ombres.

« Les enfants, murmura-t-il, venez, les enfants... »

Il ferma les yeux et tendit les mains. Mais les amies de Monica restaient timides et se tenaient à distance ; il imagina cependant qu'elles s'étaient un peu rapprochées de lui.

« N'ayez pas peur, chuchota-t-il, je ne suis qu'un homme très solitaire. Restez près de moi, quand Monica sera partie. »

Il se tut et attendit. Puis, quand il retourna vers la porte, il sentit des mains caressantes sur son bras. Il regarda aussitôt autour de lui, mais le temps n'était pas encore venu où il pourrait voir. Il aperçut seulement les barreaux de la fenêtre, les ombres sur les murs et le rayon de lune.

Richard Middleton

# Sur la route de Brighton

Lentement, le soleil avait escaladé les collines raides et blanches puis il s'était enfin montré en négligeant quelque peu le mystérieux rituel qui accompagne d'ordinaire la naissance du jour sur un paysage étincelant de neige. Il avait gelé à pierre fendre pendant la nuit et les oiseaux qui sautillaient çà et là sans grande vigueur ne laissaient aucune trace de leur passage sur le pavé argenté. Par endroits, les haies étaient taillées en creux et les feuillages ainsi abrités de la neige rompaient avec la monotone blancheur qui s'était abattue sur les couleurs de la terre ; là-haut, le ciel passait de l'orange au bleu sombre, puis du bleu sombre à un bleu si clair qu'on aurait dit un mince écran de papier plutôt qu'un espace infini. Le vent froid et silencieux, qui balayait les champs en soufflant une fine poussière de neige arrachée aux arbres, parvenait à peine à agiter la crête blanche des haies. Lorsqu'il se fut élevé au-dessus de l'horizon, le soleil sembla monter plus vite et tandis qu'il poursuivait son ascension, il commença à répandre une chaleur qui se mêlait à l'âpreté du vent.

C'était peut-être cette étrange alternance de chaud et de froid qui avait dérangé le vagabond dans ses rêves ; il se débattit pendant un moment dans la neige qui le recouvrait, comme un homme qui se réveille entortillé dans ses draps, puis il s'assit en fixant devant lui un regard interrogateur.

« Mon Dieu, j'avais l'impression d'être au lit, se dit-il à lui-même en voyant le paysage désert, alors qu'en fait j'étais ici dehors. »

Il s'étira et après s'être levé précautionneusement, secoua la neige de ses vêtements. Le vent le fit alors frissonner et il regretta la chaleur de son lit imaginaire.

« Je me sens tout à fait bien, pensa-t-il, et j'imagine que c'est une chance d'avoir tout simplement pu me réveiller par un temps pareil ; ou peut-être que c'est plutôt de la malchance : après tout, ça n'a rien d'agréable de revenir là-dedans. »

Il leva la tête et vit les collines briller sur un fond

de ciel bleu, comme une montagne des Alpes sur une carte postale.

« Ça doit représenter encore une bonne soixantaine de kilomètres, songea-t-il d'un air sombre, Dieu seul sait ce que j'ai pu faire hier. Probablement marché jusqu'à épuisement et maintenant, je ne suis plus qu'à une vingtaine de kilomètres de Brighton. Maudite soit la neige, maudite soit Brighton, maudit soit tout le reste ! »

Le soleil montait de plus en plus haut et il se mit en chemin, marchant patiemment le long de la route, le dos tourné aux collines.

« Est-ce que je suis content ou pas content que ce soit seulement le sommeil qui se soit emparé de moi ? Content ou pas content, content ou pas content ? »

Ses pensées accompagnaient en contrepoint le rythme régulier de ses pas dans la neige, mais il ne chercha guère de réponse à sa question ; elle l'aidait à marcher, simplement.

Un peu plus tard, lorsqu'il eut laissé trois bornes kilométriques derrière lui, il passa devant un jeune garçon penché en avant pour allumer une cigarette. Il n'avait pas de manteau et paraissait extraordinairement fragile dans cette neige.

« Tu fais la route, chef ? demanda le garçon d'une voix rauque lorsqu'il passa devant lui.

— Ça m'en a tout l'air, répondit le vagabond.

— Alors, je vais faire un bout de chemin avec toi,

si tu ne vas pas trop vite. On se sent un peu seul quand on marche à cette heure de la journée. »

Le vagabond hocha la tête et le garçon se mit à marcher à côté de lui en boitant.

« J'ai dix-huit ans, dit-il d'un ton dégagé, je parie que tu me croyais plus jeune.

— J'aurais dit quinze ans.

— Et t'aurais perdu ta mise. Dix-huit ans en août dernier et ça fait six ans que je suis sur la route. J'ai fichu le camp de chez moi cinq fois quand j'étais môme et la police m'a ramené à chaque fois. Ils ont été très bien avec moi, à la police. Maintenant, je n'ai plus de maison d'où ficher le camp.

— Moi non plus, dit le vagabond d'un ton paisible.

— Oh ! je vois bien ce que tu es, toi, reprit le garçon d'une voix essoufflée, tu es un monsieur comme il faut qui a dégringolé. C'est plus dur pour toi que pour moi. »

Le vagabond jeta un coup d'œil à la silhouette frêle du garçon qui boitait et ralentit le pas.

« C'est vrai que j'ai été moins longtemps que toi sur la route, avoua-t-il.

— Je peux le dire d'après ta façon de marcher. Tu n'es pas encore fatigué. Peut-être que tu attends quelque chose au bout ? »

Le vagabond réfléchit un instant.

« Je ne sais pas, dit-il avec amertume, j'attends toujours des choses.

— Ça te passera, commenta le garçon ; il fait plus chaud à Londres, mais pour la bouffe, c'est plus dur. En fait, on n'y trouve pas grand-chose.

— On a toujours une chance d'y rencontrer quelqu'un qui comprendra...

— Les gens sont mieux à la campagne, l'interrompit le garçon. La nuit dernière, je me suis offert une étable et j'y ai dormi avec les vaches ; ce matin, le fermier m'a déniché et il m'a donné du thé et un pain parce que j'étais petit. Bien sûr, c'est un coup de veine ; mais à Londres, t'as seulement droit à la soupe sur les quais et le reste du temps, les flics te font circuler.

— Je me suis écroulé de fatigue sur le talus, hier soir et j'ai dormi là. C'est un miracle que je sois pas mort », dit le vagabond.

Le garçon lui lança un regard aigu.

« Comment tu le sais ? demanda-t-il.

— J'ai pas l'impression, répondit le vagabond après un instant de silence.

— Je peux te dire, reprit le garçon de sa voix rauque, que les gens comme nous ne se sortent jamais de ce genre de vie, même quand ils le veulent. Ils ont toujours faim, toujours soif, ils sont crevés et ils marchent tout le temps. Et pourtant, si quelqu'un m'offre une bonne maison et du travail, ça me donne mal au cœur. Est-ce que j'ai l'air costaud ? Je sais que je suis petit pour mon âge, mais j'ai vadrouillé comme ça pendant six ans et tu crois que j'en suis pas mort ? Je me suis noyé en me baignant à Margate, et plus tard j'ai été tué par un gitan à coup de pic ; il m'a eu en pleine tête ; deux fois, j'ai gelé comme toi la nuit dernière et un jour une voiture m'a écrasé sur cette même route, et pourtant, je continue à y marcher, je vais à Londres pour en repartir, simplement parce que je peux pas faire autrement. Mort ! Je te dis qu'on peut pas s'en sortir, même quand on en a envie. »

Le garçon s'interrompit dans une quinte de toux et le vagabond s'arrêta pour le laisser reprendre son souffle.

« Tu ferais mieux de mettre mon manteau, l'ami, dit-il, t'as une mauvaise toux.

— Va au diable ! dit le garçon d'un ton féroce en tirant sur sa cigarette ; je vais très bien. Je te parlais de la route. Tu ne t'en es pas encore aperçu, mais ça viendra bientôt. On est tous morts, tous ceux qui sont dessus, on est tous épuisés et pourtant, on peut pas la quitter. Il y a les bonnes odeurs de l'été, la poussière et le foin et le vent qui te souffle au visage les jours de chaleur ; et c'est tellement bon de se réveiller sur l'herbe humide par un beau matin. Je ne sais pas pourquoi, je ne sais pas pourquoi... »

Il trébucha soudain et le vagabond le rattrapa dans ses bras.

« Je suis malade, murmura le garçon, malade... »

Le vagabond scruta la route d'un côté et d'autre, mais il n'y avait pas la moindre maison et nulle part où trouver de l'aide. Mais tandis qu'il soutenait le garçon, au milieu de la chaussée, sans savoir que faire, une voiture apparut soudain un peu plus loin et s'avança doucement dans la neige.

« Que se passe-t-il ? demanda le conducteur d'une

voix tranquille en s'arrêtant à leur hauteur, je suis médecin. »

Il observa attentivement le garçon et écouta son souffle court.

« Pneumonie, déclara-t-il, je vais le conduire à l'hôpital et vous aussi, si vous voulez. »

Le vagabond songea à l'hospice et hocha la tête en signe de dénégation.

« Je préfère continuer ma route », dit-il.

Le garçon battit faiblement des paupières tandis qu'ils l'installaient dans la voiture.

« Je te retrouverai après Reigate, murmura-t-il à l'adresse du vagabond, tu verras. »

Et la voiture s'éloigna le long de la route blanche.

Toute la matinée, le vagabond pataugea dans la neige fondante ; à midi, il mendia un peu de pain à la porte d'une maison et alla le manger dans une grange isolée. Il faisait chaud à l'intérieur et, lorsqu'il eut terminé son repas, il s'endormit dans le foin. Il faisait sombre quand il s'éveilla et il se remit en route, pataugeant à nouveau dans la gadoue.

Quatre kilomètres après la sortie de Reigate, une silhouette frêle sortit de l'ombre et vint à sa rencontre.

« Tu fais la route, chef ? demanda une voix rauque, alors, je vais faire un bout de chemin avec toi, si tu ne vas pas trop vite. On se sent un peu seul quand on marche à cette heure de la journée.

— Mais ! Et la pneumonie ? s'écria le vagabond stupéfait.

— Je suis mort à l'hôpital de Crawley, ce matin », répondit le garçon.

## Francis Marion Crawford

# La couchette du haut

Quelqu'un demanda des cigares. Nous avions longtemps parlé et la conversation commençait à traîner en longueur ; la fumée du tabac avait imprégné les lourds rideaux, l'alcool avait imprégné des têtes qui, elles aussi, devenaient lourdes et il était évident que si personne ne faisait rien pour ranimer nos esprits engourdis, la soirée arriverait à sa conclusion naturelle, à savoir que les invités se hâteraient de rentrer chez eux, de se coucher, et très certainement, de s'endormir aussitôt. Personne n'avait rien dit de particulièrement remarquable, peut-être parce que personne n'avait quoi que ce fût de très remarquable à dire. Jones nous avait donné tous les détails de sa dernière partie de chasse dans le Yorkshire. Mr. Tompkins, de Boston, nous avait longuement exposé les méthodes de travail dont l'application scrupuleuse avait permis à la compagnie ferroviaire de Santa Fe d'étendre son réseau, d'accroître son influence régionale et de transporter jusqu'à destination le bétail qu'on lui confiait sans qu'il meure de faim en cours de route ; pendant des années, ladite compagnie avait réussi, par surcroît, à abuser les voyageurs qui achetaient ses billets en leur faisant croire qu'elle était également capable de transporter des êtres humains sans mettre leurs vies en péril. Le Signor Tombola, quant à lui, s'était efforcé de nous convaincre, à l'aide d'arguments dont personne ne songeait à mettre en doute le bien-fondé, que l'unité de son pays ne s'enliserait jamais dans les marais insondables du chaos politique.

Il n'est pas nécessaire d'en rapporter davantage. La conversation prenait une telle tournure que Prométhée enchaîné à son rocher en eût bâillé d'ennui. Nous étions assis à table depuis des heures, nous étions las, fatigués et personne ne semblait vouloir bouger.

Quelqu'un alors demanda des cigares. Nous tournâmes instinctivement nos regards vers celui qui venait de parler : Brisbane était un homme de trente-cinq ans qui possédait à un degré remarquable les dons auxquels les hommes prêtent généralement le plus d'attention. Il était robuste. Les proportions de sa silhouette ne présentaient rien d'extraordinaire à première vue, bien que sa taille dépassât la moyenne. Il mesurait un peu plus d'un mètre quatre-vingts et sa carrure n'était pas impressionnante ; il ne paraissait pas gros, mais n'était certainement pas mince non plus. Sa tête, petite, reposait sur un cou noueux et solide. Ses mains larges et musculeuses faisaient preuve d'une habileté particulière à briser les noix sans le secours d'un casse-noix et lorsqu'on le regardait de profit, on ne pouvait ignorer l'exceptionnelle largeur de ses manches ni le volume inhabituel de son thorax. Il faisait partie de ces hommes que les autres hommes qualifient de trompeurs : ce qui signifie que, bien qu'il parût excessivement fort, il était en fait encore plus fort qu'il n'en avait l'air. De ses traits, il n'y a pas grand-chose à dire. Il avait une petite tête, les cheveux fins, les yeux bleus, un grand nez, une petite moustache et une mâchoire carrée. Tout le monde connaissait Brisbane et, quand il demanda des cigares, les visages se tournèrent vers lui.

« C'est tout à fait singulier », dit Brisbane.

Le silence se fit. La voix de Brisbane n'était pas très sonore, mais elle possédait cette qualité particulière de pouvoir s'insinuer dans une conversation comme si elle la coupait avec un couteau. Tout le monde écouta. Brisbane, s'apercevant qu'il avait attiré l'attention générale, alluma son cigare avec le plus grand flegme.

« C'est vraiment singulier, reprit-il, toutes ces histoires à propos des fantômes. Les gens demandent toujours si quelqu'un en a déjà vu un. Eh bien, moi, j'en ai vu un, justement.

— Allons donc ! Toi ? Tu ne parles pas sérieusement, Brisbane ! Voyons, un homme d'une telle intelligence ! »

Un chœur d'exclamations accueillit l'étonnante affirmation de Brisbane. Tout le monde réclama des cigares, et Stubb, le maître d'hôtel, surgit soudain des profondeurs de nulle part avec une bouteille de champagne frais. La situation était sauvée, Brisbane allait raconter une histoire.

« Je suis un vieux marin, dit-il, et comme je traverse très souvent l'Atlantique, j'ai mes petites préférences. La plupart des hommes ont les leurs. J'ai connu quelqu'un qui attendait trois quarts d'heure dans un bar de Broadway, qu'on lui prépare son cocktail favori. J'ai l'impression que le patron du bar devait faire au moins un tiers de sa recette grâce à cet homme et à sa boisson préférée. Quant à moi, j'ai l'habitude de prendre certains bateaux et pas d'autres, lorsque je dois franchir la mare aux canards. C'est peut-être un préjugé, mais en tout cas, je n'ai fait de mauvaise traversée qu'une seule fois. Je m'en souviens très bien ; c'était une chaude matinée de juin et les officiers des douanes, qui attendaient l'arrivée d'un vapeur revenant de quarantaine, avaient l'air pensif et particulièrement lointain. Sans beaucoup de bagages – je n'en ai jamais – je me mêlai à une foule de passagers, de porteurs et de personnages empressés, vêtus de vestes bleu marine à boutons de cuivre, qui semblaient pousser comme des champignons sur le pont du navire pour imposer aux voyageurs des services parfaitement inutiles. J'ai souvent observé avec quelque intérêt les évolutions spontanées de ces gens. Ils ne sont pas là quand vous arrivez ; cinq minutes après que le pilote a crié "En avant !", ils ont disparu du pont et des coursives – ou tout au moins leurs vestes bleues et leurs boutons de cuivre – aussi sûrement que s'ils avaient coulé au fond de la mer. Mais au moment de partir, ils sont là, rasés de près, vêtus de bleu et avides de gratifications. Je me hâtai donc, ce jour-là, de monter à bord. Le *Kamtchatka* était un de mes bateaux préférés. Je dis "était", car c'est bien fini. Je n'imagine pas qu'on puisse jamais me convaincre de refaire une traversée à son bord. Je sais bien ce que vous allez me dire : il est toujours impeccablement tenu, le pont avant est bien protégé des embruns et dans les cabines, les couchettes du bas sont doubles pour la plupart. C'est vrai qu'il a beaucoup d'avantages, ce bateau, mais je ne le prendrai plus. Excusez-moi pour cette digression. Je disais donc que j'étais monté à bord et j'appelai aussitôt un steward dont le nez rouge et les moustaches encore plus rouges m'étaient également familiers.

"Cabine 105, couchette inférieure", lui dis-je du ton de l'homme d'affaires pour qui traverser l'Atlantique est aussi banal que de prendre un verre dans un bar de Manhattan.

Je n'oublierai jamais l'expression de son visage quand il prit ma valise, mon pardessus et mon plaid. Je ne peux pas dire qu'il devint pâle ; les plus éminents théologiens soutiennent que même les miracles ne peuvent pas changer le cours de la nature. Et il lui était impossible de pâlir. Mais, à en juger par son expression, il était sur le point de pleurer, d'éternuer, ou de lâcher ma valise. Or, comme celle-ci contenait deux bouteilles d'un vieux sherry particulièrement délectable que mon vieil ami Snigginson van Pickyns m'avait offert pour le voyage, je me sentais très inquiet. Mais le steward ne fit rien de tout cela.

"Dieu me damne !" dit-il à voix basse, puis il m'ouvrit le chemin.

Je supposai que mon guide avait pris un petit grog, mais je ne dis rien et je le suivis tandis qu'il me menait vers le pont inférieur. La cabine 105 se trouvait à bâbord, assez loin vers l'arrière. Elle ne présentait rien de remarquable. La couchette inférieure, comme presque toujours sur le *Kamtchatka*, était double. L'endroit était vaste et il y avait l'habituel coin toilette qui semblait étudié pour donner à un Indien d'Amérique du Nord une vague idée de ce que peut être le luxe. On y trouvait le traditionnel râtelier de bois sombre auquel il est plus commode d'accrocher un grand parapluie qu'une brosse à dents de modèle courant. Sur les matelas peu accueillants étaient soigneusement pliées de ces couvertures qu'un humoriste a comparées, fort à propos, à des crêpes de sarrasin. Quant aux serviettes, leur existence était entièrement laissée à l'imagination. Un liquide transparent, faiblement teinté de marron, remplissait les carafes ; l'odeur beaucoup moins faible, et tout aussi désagréable, qui s'en échappait, rappelait très vaguement les effluves nauséabonds d'une huile de machine. Des rideaux d'une couleur sinistre fermaient à moitié la couchette supérieure. Et la lumière brumeuse de ce matin de juin diffusait dans ce décor lugubre une clarté incertaine. Pouah ! Je détestais cette cabine.

Le steward déposa mes bagages et me regarda comme s'il voulait s'en aller – sans doute pour offrir ses services à d'autres passagers et ramasser d'autres pourboires. Il est toujours de bonne politique de s'attirer les faveurs de ce genre de personnel et je lui donnai en conséquence une bonne poignée de pièces.

“Je m'efforcerai de vous rendre la traversée la plus agréable possible”, dit-il en empochant l'argent.

Il y avait cependant, dans sa voix, une nuance de scepticisme qui me surprit. Peut-être ses tarifs avaient-ils augmenté et n'était-il pas satisfait de ce que je lui avais donné ? Mais en fait, j'avais plutôt l'impression qu'il était en train de penser, selon l'expression qu'il aurait pu employer, qu'un "petit verre ne lui ferait pas de mal" . J'avais tort, pourtant, et c'était se montrer injuste envers cet homme.

Rien n'arriva ce jour-là qui mérite d'être mentionné. Nous appareillâmes à l'heure prévue et il était fort agréable de faire route à bonne allure, car le temps était chaud et lourd, et le mouvement du bateau produisait une brise rafraîchissante. Tout le monde sait comment se passe le premier jour d'une traversée en mer. Les passagers arpentent les ponts en s'observant les uns les autres et rencontrent parfois des personnes de connaissance dont ils ignoraient la présence à bord. Une grande incertitude plane toujours sur la qualité de la nourriture : jusqu'à ce que les deux premiers repas aient dissipé les doutes à ce sujet, on ne sait pas si elle sera bonne, mauvaise ou quelconque. On s'interroge également sur ce que sera le temps en pleine mer : il faut attendre, pour être fixé, que le navire se trouve à bonne distance de New York. Au début, il y a foule autour des tables, puis soudain, le nombre des convives décroît. Des passagers au teint pâle se lèvent d'un bond de leurs sièges et se précipitent vers les portes ; les vieux habitués de la mer respirent alors plus librement, tandis que leurs voisins pris de nausée quittent brusquement la table, leur laissant ainsi la place d'écarter les coudes, en même temps que la libre disposition du pot de moutarde.

Toutes les traversées de l'Atlantique se ressemblent et quiconque fait souvent le voyage sait qu'il n'y trouvera jamais l'attrait de la nouveauté. Certes, les baleines et les icebergs sont toujours intéressants à observer, mais après tout, rien n'est plus semblable à une baleine qu'une autre baleine ; quant aux icebergs, on a rarement l'occasion de les voir de près. Pour la plupart des habitués de l'océan, le moment le plus délicieux de la journée à bord d'un transatlantique est celui où, après avoir fait un dernier tour sur le pont, fumé un dernier cigare et s'être laissé gagner par la fatigue, on se sent libre d'aller se coucher avec la conscience sereine. Le premier soir de cette traversée, je me sentais particulièrement paresseux et je rejoignis ma couchette plus tôt qu'à l'ordinaire. Lorsque j'entrai dans la 105, je fus surpris de constater que j'aurais un compagnon de voyage. Une valise semblable à la mienne était posée dans un coin, à l'autre bout de la cabine, et sur la couchette du haut, on avait rangé un plaid, une canne et un parapluie. J'avais espéré être seul et je fus déçu ; je me demandai qui était mon compagnon de cabine et j'étais bien décidé à voir à quoi il ressemblait.

J'étais couché depuis quelques instants lorsqu'il entra. Autant que je pouvais le voir, c'était un homme très grand, très mince, très pâle, avec des cheveux et des moustaches d'un blond roux, et des yeux gris ternes. Il y avait dans son apparence générale quelque chose d'équivoque. C'était le genre d'hommes qu'on rencontre parfois à Wall Street, sans pouvoir dire exactement ce qu'ils font là. On en voit également au Café Anglais où ils sont toujours seuls et boivent du champagne ; il arrive aussi qu'on en croise sur les champs de courses, et là non plus, on ne sait pas très bien ce qu'ils font. Sa façon de s'habiller était trop recherchée et il paraissait quelque peu étrange. Sur chaque paquebot transatlantique, il y a en général trois ou quatre personnages de cette espèce. Je résolus aussitôt de ne pas chercher à faire sa connaissance et je m'endormis en me disant que j'observerais ses habitudes pour éviter de le rencontrer. S'il se levait tôt, je me lèverais tard ; s'il se couchait tard, j'irais me coucher de bonne heure. Je ne voulais vraiment pas le connaître. Si on entre en relation avec quelqu'un comme ça, on ne peut plus s'en débarrasser. Pauvre type ! je n'avais vraiment pas besoin de prendre toutes ces décisions car je ne le revis jamais plus après cette première nuit dans la 105.

J'étais profondément endormi losrque je fus soudain réveillé par un grand bruit. Apparemment, mon compagnon de cabine avait dû bondir de sa couchette et sauter sur le sol. Je l'entendis tripoter le loquet et le verrou de la porte qui s'ouvrit presque immédiatement, puis ses pas retentirent tandis qu'il courait à toute vitesse dans la coursive après avoir laissé la porte ouverte derrière lui. Le navire roulait un peu et je m'attendais à l'entendre trébucher ou tomber, mais il continua à courir comme si sa vie en dépendait. La porte pivotait sur ses gonds sous l'effet des mouvements du bateau et le bruit m'agaçait. Je me levai donc, la fermai puis retournai à tâtons dans l'obscurité vers ma couchette. Je me rendormis mais j'ignore combien de temps dura mon sommeil.

Quand je me réveillai, il faisait toujours noir, et je ressentis une désagréable impression de froid ; en plus, l'air était humide. Il régnait cette odeur caractéristique des cabines où l'eau de mer a pénétré. Je m'enfonçai sous mes couvertures, et préparai dans ma tête les plaintes que j'irais formuler le lendemain, en sélectionnant avec soin les épithètes les plus imagées qui me venaient à l'esprit. J'entendais mon compagnon de cabine se retourner dans la couchette du haut. Il était probablement revenu pendant que je dormais. À un moment, je l'entendis gémir et j'en conclus qu'il devait avoir le mal de mer. C'est une situation tout à fait désagréable pour celui qui se trouve au-dessous. Néanmoins, je me rendormis et ne me réveillai qu'aux premières heures du jour.

Le bateau roulait de plus en plus, bien davantage que la veille, et la lumière grisâtre qui filtrait à travers le hublot changeait de couleur à chaque instant,

selon que le roulis faisait pencher le paquebot d'un côté ou de l'autre. Il faisait très froid, un froid tout à fait inhabituel pour un mois de juin. Je tournai la tête vers le hublot : à ma grande surprise, je vis qu'il était grand ouvert et que le porte-verre était attaché à la cloison. Je jurai tout haut, puis je me levai pour aller le fermer. En me retournant, je jetai un coup d'œil à la couchette du haut. Les rideaux en étaient soigneusement fermés ; mon compagnon de voyage avait dû avoir aussi froid que moi. Je m'aperçus alors que j'avais assez dormi. La cabine était inconfortable, mais étrangement, il n'y avait plus trace de l'humidité qui m'avait incommodé au cours de la nuit. Mon compagnon de voyage était toujours endormi – excellente occasion d'éviter de le rencontrer. Je m'habillai donc aussitôt et montai sur le pont. Le temps était chaud et nuageux et une odeur huileuse flottait sur la mer. Il était sept heures lorsque je sortis – beaucoup plus tard que je ne le pensais. Je rencontrai le médecin du bord venu respirer l'air frais du matin. C'était un homme jeune, originaire de l'ouest de l'Irlande, un personnage gigantesque, le cheveu noir, l'œil bleu et ayant déjà une tendance à l'embonpoint. Il avait un air sain et insouciant qui était plutôt sympathique.

"Belle matinée, dis-je pour engager la conversation.

— Bah ! répondit-il en me regardant avec intérêt, c'est à la fois une belle matinée et pas une belle matinée. En fait, on ne dirait pas une matinée du tout.

— C'est vrai, elle n'est pas si belle que ça, admis-je.

— C'est ce que j'appelle un temps brouillasseux, dit le médecin.

— Je trouvais qu'il faisait très froid la nuit dernière, repris-je, et quand j'ai jeté un coup d'œil vers le hublot, je me suis aperçu qu'il était grand ouvert. Je ne m'en étais pas rendu compte quand je me suis couché. J'ai remarqué que la cabine était humide, également.

— Humide, dit-il, dans quelle cabine êtes-vous ?

— La 105."

À ma grande surprise, le médecin sursauta et me fixa du regard.

"Qu'y a-t-il ? demandai-je.

— Oh ! rien, répondit-il, simplement, tous les passagers qui ont couché dans cette cabine pendant les trois dernières traversées se sont plaints.

— Je vais me plaindre aussi, dis-je, elle n'a sûrement pas été aérée convenablement ; c'est une honte !

— Je ne crois pas qu'on y puisse quoi que ce soit, répliqua le médecin, je pense qu'il y a quelque chose... Enfin, bon, je ne veux pas faire peur aux passagers...

— N'ayez pas peur de me faire peur, répondis-je, je peux supporter n'importe quel degré d'humidité. Si j'attrape un mauvais rhume, je viendrai vous voir."

J'offris un cigare au médecin ; il le prit et l'examina d'un œil critique.

"Ce n'est pas tellement la question de l'humidité,

déclara-t-il, mais de toute façon, tout se passera bien. Avez-vous quelqu'un d'autre dans la cabine ?

— Oui, un personnage bizarre qui se précipite dehors au milieu de la nuit en laissant la porte ouverte."

À nouveau, le médecin me lança un regard étrange. Puis il alluma son cigare, l'air grave.

"Est-il revenu ? demanda-t-il un instant plus tard.

— Oui, je dormais, mais je me suis réveillé et je l'ai entendu remuer. C'est à ce moment-là que j'ai eu froid et je me suis rendormi. Ce matin, je me suis aperçu que le hublot était ouvert.

— Écoutez-moi, dit le docteur d'un ton calme, je me fiche de ce bateau, je me fiche de sa réputation. Je vais vous dire ce que je vais faire. J'ai une très grande cabine et je vais la partager avec vous, bien que je ne vous connaisse ni d'Eve ni d'Adam."

Je fus très surpris de cette proposition. Je n'avais aucune idée des raisons pour lesquelles il manifestait cet intérêt soudain pour mon bien-être. La manière dont il parlait du bateau, cependant, était singulière.

"Vous êtes très aimable, docteur, répondis-je. Mais en fait, je crois surtout que la cabine devrait être aérée et nettoyée, ou je ne sais quoi. Mais pourquoi vous fichez-vous de ce bateau ?

— Dans notre profession, nous ne sommes pas superstitieux, répliqua-t-il, mais la mer rend les gens superstitieux. Je ne veux pas vous mettre des idées dans la tête et il n'est pas question de vous faire peur, mais si vous voulez mon avis, vous feriez bien de déménager dans ma cabine. J'aimerais mieux vous voir passer par-dessus bord, ajouta-t-il d'un ton sérieux, plutôt que de savoir que vous dormez dans la 105 – vous ou qui que ce soit.

— Mon Dieu ! Mais pourquoi donc ? demandai-je.

— Tout simplement parce que lors des trois dernières traversées, les gens qui ont dormi là sont effectivement passés par-dessus bord", répondit-il gravement.

Cette information était étonnante et tout à fait désagréable, je dois l'avouer. Je regardai le médecin dans les yeux pour essayer de voir s'il se moquait de moi ou pas, mais il avait l'air parfaitement sérieux. Je le remerciai chaleureusement de son offre, en ajoutant que j'avais l'intention d'être l'exception à la règle qui voulait que les passagers dormant dans cette cabine passent par-dessus bord. Il ne dit pas grand-chose, mais parut toujours aussi grave et laissa entendre qu'avant notre arrivée à destination, j'aurais sans doute à reconsidérer sa proposition. L'heure avançant, nous allâmes prendre notre petit déjeuner ; il n'y avait que très peu de passagers attablés dans la salle à manger. Je remarquai que un ou deux des officiers qui mangeaient avec nous avaient la mine grave. Après avoir terminé, je revins dans ma cabine pour y prendre un livre. Les rideaux de la couchette supérieure étaient toujours soigneusement fermés et l'on n'entendait pas un bruit. Mon compagnon de voyage était probablement toujours endormi.

En sortant, je rencontrai le steward qui était affecté au service de ma cabine. Il me murmura que le commandant voulait me voir puis fila précipitamment dans la coursive comme s'il voulait éviter à tout prix de répondre à la moindre question. Je me dirigeai vers la cabine du commandant où celui-ci m'attendait.

"Monsieur, dit-il, j'ai un service à vous demander."

Je lui répondis que je serais ravi de pouvoir l'obliger.

"Votre compagnon de cabine a disparu, m'annonça-t-il ; on sait simplement qu'il s'est couché de bonne heure la nuit dernière et depuis, on ne l'a plus revu. Avez-vous remarqué quelque chose d'inhabituel dans son comportement ?"

Cette question, qui venait confirmer les craintes exprimées par le médecin une demi-heure plus tôt, me troubla.

"Vous ne voulez pas dire qu'il est passé par-dessus bord ? demandai-je.

— J'ai bien peur que si, répondit le commandant.

— C'est vraiment extraordinaire, commençai-je.

— Pourquoi ?

— Il est le quatrième, dans ce cas ?" demandai-je.

En réponse à une autre question du commandant, je lui expliquai, sans faire mention du médecin, que j'avais entendu parler de l'histoire de la 105. Il sembla très contrarié d'apprendre que j'étais au courant. Je lui racontai alors ce qui s'était passé la nuit précédente.

"Ce que vous dites, reprit-il, coïncide presque exactement avec le témoignage des compagnons de cabine de deux des trois autres passagers disparus. Eux aussi ont bondi de leur couchette et se sont enfuis dans la coursive. Et deux d'entre eux ont été vus passant par-dessus bord par l'homme de quart ; j'ai aussitôt fait stopper les machines et mettre des canots à la mer, mais on ne les a pas retrouvés. Personne, cependant, n'a vu ni entendu l'homme qui a disparu la nuit dernière – si vraiment il a disparu. Le steward, qui est peut-être superstitieux et s'attendait à constater quelque chose d'anormal, est allé le voir ce matin : il a trouvé la couchette vide, mais les vêtements du passager étaient restés là où il les avait laissés. Ce steward est le seul homme à bord qui le connaissait de vue et il l'a cherché partout. Impossible de le retrouver ! Je voudrais vous demander, monsieur, de ne pas faire état de cet incident auprès de qui que ce soit. Je ne voudrais pas que la réputation du navire soit entachée, et rien ne frappe plus l'imagination des passagers que les histoires de suicides. Vous pourrez vous installer dans n'importe quelle cabine parmi celles des officiers, y compris la mienne, pour le reste de la traversée. Ce marché vous semble-t-il équitable ?

— Tout à fait, répondis-je, et je vous en suis très reconnaissant. Mais puisque je suis seul et que je dispose de la cabine, j'aimerais mieux ne pas déménager. Si le steward veut bien débarrasser les affaires de ce malheureux passager, je préférerais rester là. Je ne dirai rien à personne de ce qui s'est passé et je crois pouvoir vous promettre que je ne suivrai pas l'exemple de mon infortuné compagnon de voyage."

Le commandant essaya de me faire changer d'avis, mais je préférais avoir une cabine pour moi tout seul plutôt que d'en partager une autre avec un quelconque officier du bord. Je ne sais pas si j'ai agi sottement, mais en tout cas, si j'avais suivi les conseils du commandant, je n'aurais plus rien à raconter. Il ne serait resté que cette fâcheuse coïncidence de suicides commis par plusieurs hommes qui avaient dormi dans la même cabine, et nous nous en serions tenus là.

Or, justement, ce n'est pas du tout la fin de mon récit, tant s'en faut. Je décidai avec obstination de ne pas me laisser impressionner par toutes ces histoires et j'opposai mes arguments à ceux du commandant. Il y avait quelque chose qui n'allait pas dans cette cabine, lui dis-je, elle était humide ; on avait laissé le hublot ouvert la nuit précédente. Mon compagnon de voyage était peut-être malade lorsqu'il était monté à bord et peut-être avait-il été pris de délire après qu'il se fut couché. Il pouvait tout aussi bien se cacher quelque part à bord du paquebot et il était possible qu'on le retrouve un peu plus tard. Pour le reste, il convenait d'aérer la cabine et de vérifier le système de fermeture du hublot. Si le commandant m'y autorisait, je veillerais à ce que tout ce qui me semblait nécessaire soit fait.

"Vous avez bien sûr le droit de rester où vous êtes si vous le désirez, répliqua-t-il d'un ton un peu irrité, mais je souhaiterais plutôt que vous déménagiez pour que je puisse fermer cette cabine une bonne fois et qu'on n'en parle plus."

Je ne voyais pas les choses de la même manière et je quittai le commandant après lui avoir promis de ne rien dire au sujet de la disparition de mon compagnon de voyage. Celui-ci n'était connu de personne à bord et son absence passa inaperçue. Vers le soir, je rencontrai à nouveau le médecin qui me demanda si j'avais changé d'avis. Je lui répondis que non.

"Eh bien, vous le ferez avant longtemps", dit-il d'un air particulièrement grave.

Nous jouâmes au whist, ce soir-là, et il était tard lorsque j'allai me coucher. Je vous avouerai que je ressentis une impression désagréable lorsque j'entrai dans ma cabine. Je ne pouvais m'empêcher de penser à cet homme de grande taille que j'avais vu la nuit précédente et qui était mort à présent, noyé, ballotté par la houle à deux ou trois cents milles derrière nous. Tandis que je me déshabillais, je revoyais distinctement ses traits et j'allai même jusqu'à écarter les rideaux de la couchette supérieure, comme pour me convaincre qu'il était bien parti. Je poussai également le verrou de la porte. Soudain, je remarquai que le hublot était ouvert et le porte-verre fixé à la cloison. C'était plus que je ne pouvais en supporter. J'enfilai à la hâte une robe de chambre et je sortis à la recherche de Robert, le steward qui s'occupait de ma coursive. J'étais furieux, je m'en souviens, et lorsque je l'eus trouvé, je le traînai sans ménagement jusqu'à la porte de la 105, puis je le poussai en direction du hublot ouvert.

“À quoi voulez-vous donc en venir, espèce d'imbécile, en laissant ce hublot ouvert chaque nuit ? Vous ne connaissez donc pas les règlements ? Vous ne savez donc pas que si le paquebot donne de la bande et que l'eau commence à rentrer à l'intérieur, dix hommes ne suffiraient pas à fermer le porte-verre ? Je vais faire un rapport au commandant à votre sujet, espèce de fripouille, vous mettez le navire en danger !”

J'étais littéralement hors de moi. L'homme se mit à trembler et à pâlir, puis il entreprit de fermer la lourde monture de cuivre du hublot.

“Et pourquoi ne me répondez-vous pas ? lui demandai-je avec brusquerie.

— Je... je suis désolé, monsieur, bredouilla Robert, personne à bord n'arrive à maintenir ce hublot fermé la nuit. Vous pouvez essayer vous-même, monsieur. Je ne travaillerai plus sur ce navire, vraiment plus jamais. Et si j'étais vous, monsieur, je partirais d'ici et j'irais m'installer dans la cabine du médecin, ou ailleurs, c'est ce que je ferais. Regardez ça, monsieur, est-ce que c'est bien fermé ou pas ? Essayez, essayez de voir si ça peut bouger d'un seul millimètre."

Je vérifiai et, en effet, le hublot était hermétiquement fermé.

"Eh bien voilà, monsieur, reprit Robert d'un air triomphant, je parie ma réputation de steward de première classe que dans une demi-heure, il sera à nouveau ouvert ; et le porte-verre fixé à la cloison, c'est ça le plus horrible ; fixé à la cloison !"

J'examinai la grosse vis et l'écrou qui s'y adaptait.

"Si je trouve ce hublot ouvert cette nuit, Robert, je vous donnerai un souverain d'or. Mais ce n'est pas possible. Allez, vous pouvez partir à présent.

— Un souverain, vous avez dit, monsieur ? Très bien. Merci, monsieur ; bonne nuit, monsieur ; reposez-vous bien et faites de beaux rêves..."

Robert se hâta de disparaître, ravi d'être libéré. J'étais sûr qu'il avait essayé de se disculper de sa négligence en inventant une histoire stupide destinée à me faire peur et, bien entendu, je ne l'avais pas cru. Le résultat, c'est qu'il eut droit à son souverain et que je passai, quant à moi, une nuit singulièrement désagréable.

Je me couchai et cinq minutes après que je me fus pelotonné dans mes couvertures, l'inexorable Robert éteignit la lumière qui brûlait sans interruption derrière le panneau de verre situé près du plancher, à côté de la porte. Je restai étendu, dans le noir, tout à fait immobile, essayant de trouver le sommeil, mais je m'aperçus bientôt que je n'y parviendrais pas. J'avais éprouvé quelque soulagement à me mettre en colère contre le steward et cette diversion avait effacé la déplaisante sensation que j'avais tout d'abord éprouvée en repensant à l'homme noyé qui avait été mon compagnon de cabine ; mais je n'avais plus sommeil et je restai éveillé pendant un certain temps, jetant quelquefois un coup d'œil au hublot, que j'apercevais de l'endroit où je me trouvais et qui ressemblait à une assiette faiblement éclairée, suspendue dans l'obscurité. J'imagine que j'ai dû rester ainsi étendu pendant environ une heure et je me souviens très bien que j'étais sur le point de m'endormir enfin lorsque je sentis soudain un courant d'air froid tandis que des embruns me picotaient le visage. Je me levai d'un bond, et n'ayant pas pris garde, dans le noir, aux mouvements du bateau, je fus aussitôt violemment projeté à travers la cabine sur un canapé qui se trouvait juste au-dessous du hublot. Je repris immédiatement mes esprits, cependant, et je me redressai sur les genoux : à nouveau, le hublot était grand ouvert et le porte-verre fixé à la cloison !

Tout ce que je vous raconte, ce sont des faits. J'étais parfaitement éveillé quand je me suis levé et même si j'avais été endormi, ma chute m'aurait à coup sûr tiré du sommeil. En plus, j'avais les coudes et les genoux meurtris et les bleus que je découvris le lendemain matin étaient là pour témoigner de ce qui s'était passé, si jamais j'avais pu moi-même en douter. Le hublot était grand ouvert et le porte-verre fixé à la cloison : c'était tellement inexplicable que je me souviens avoir ressenti de la surprise plutôt que de la peur lorsque je fis cette découverte. À nouveau, je fermai le hublot en serrant l'écrou de toutes mes forces. Il faisait très sombre dans la cabine. Je pensai que le hublot avait très certainement été ouvert environ une heure après que Robert l'eut fermé en ma présence et je décidai de le surveiller pour voir s'il s'ouvrirait à nouveau. La monture de cuivre était très lourde et pas du tout facile à manier. Il me semblait tout à fait impossible de ce fait que l'écrou se fût dévissé tout seul sous l'effet des mouvements du bateau. Je gardai les yeux fixés sur le verre épais du hublot, au travers duquel j'apercevais les traînées blanches et grises de l'écume qui bouillonnait sous le flanc du navire. J'ai dû rester ainsi un quart d'heure.

Soudain, alors que je me tenais debout, j'entendis distinctement quelque chose bouger derrière moi dans l'une des couchettes, et un instant plus tard, alors que je m'étais instinctivement retourné – bien qu'il me fût impossible de rien voir dans cette obscurité –, je perçus un très faible gémissement. Je bondis aussitôt à travers la cabine et ouvris brusquement les rideaux de la couchette supérieure, plongeant les mains en avant pour voir s'il y avait quelqu'un à l'intérieur. Il y avait quelqu'un.

Je me souviens de la sensation que j'ai éprouvée quand j'ai tendu les mains en avant : c'était comme si je les avais plongées dans l'air humide d'une cave ; et, de derrière les rideaux, une bouffée de vent me souffla au visage une épouvantable odeur d'eau de mer croupie. J'avais empoigné quelque chose qui avait la forme d'un bras humain, mais qui était lisse, mouillé et glacé. Et soudain, alors que je tirai dessus, la créature bondit violemment vers moi : c'était une masse suintante et visqueuse, à ce qu'il me sembla, lourde et humide, qui paraissait douée de quelque force surnaturelle. Je chancelai à travers la cabine et un instant plus tard, la porte s'ouvrit et la chose prit la fuite. Je n'avais même pas eu le temps d'avoir peur et, reprenant aussitôt mes esprits, je me précipitai dans la coursive et lui donnai la chasse en courant aussi vite que je le pouvais, mais il était trop tard. À dix mètres devant moi, je vis – et je suis sûr que je l'ai vraiment vue – une ombre filer dans la coursive faiblement éclairée aussi vite que l'ombre d'un cheval au galop. Un moment plus tard, elle avait disparu et je me retrouvai seul, agrippé à la rambarde qui courait le long de la cloison là où la coursive tournait vers l'escalier. J'avais les cheveux dressés sur ma tête et une sueur froide coulait sur mon visage. Je n'ai pas la moindre honte à le dire : j'avais vraiment très peur.

Pourtant, je doutais encore de mes sens et je repris mes esprits. C'était absurde, pensai-je. Sans doute le toast au fromage que j'avais mangé avait-il eu du mal à passer et j'avais fait un cauchemar. Je revins vers ma cabine et j'y entrai avec répugnance. L'endroit sentait l'eau de mer croupie, tout comme la veille, lorsque je m'étais réveillé. Il me fallut faire un effort considérable pour y pénétrer à nouveau et tâtonner dans mes affaires à la recherche d'une boîte de bougies. Allumant une lanterne que j'emporte toujours avec moi au cas où je voudrais lire après l'extinction des lumières, je m'aperçus que le hublot était une nouvelle fois ouvert, et je me sentis gagné par une sorte d'horreur sournoise que je n'avais jamais éprouvée auparavant et que je souhaite ne plus jamais éprouver. J'avais cependant de la lumière et je m'en servis pour examiner la couchette du haut, m'attendant à la trouver trempée d'eau de mer.

Mais je fus déçu : certes, on avait dormi là, et l'odeur de mer était encore forte, mais la literie était entièrement sèche. Je pensai alors simplement que Robert n'avait pas eu le courage de faire le lit, après l'accident de la nuit précédente, et que tout cela

n'avait été qu'un épouvantable cauchemar. J'écartai les rideaux autant que je le pus et j'examinai l'endroit avec soin. Tout était parfaitement sec. Mais le hublot était encore ouvert. Avec une sorte de stupéfaction mêlée d'horreur, je le refermai et, passant ma lourde canne dans l'anneau de cuivre, je serrai la vis en appuyant de toutes mes forces, jusqu'à ce que le métal épais commence à se déformer sous la pression. Puis je posai ma lanterne sur le velours rouge, à la tête du canapé, et je m'assis pour essayer de me remettre de mes émotions. Je restai ainsi toute la nuit, incapable de penser à me reposer, à peine capable, d'ailleurs, de penser tout court. Le hublot, cependant, resta fermé et j'étais convaincu qu'il était impossible de l'ouvrir à nouveau sans déployer une force considérable.

Le jour se leva enfin et je m'habillai lentement, repensant à tout ce qui s'était passé pendant la nuit. C'était une belle journée et je montai sur le pont, heureux de pouvoir sortir dans le soleil clair de l'aube et de respirer la brise qui soufflait du large, si différente de l'odeur répugnante et putride de ma cabine. Instinctivement, je me dirigeai vers l'arrière, là où se trouvait la cabine du médecin. Il était sur le pont, une pipe à la bouche, respirant l'air du matin au même endroit que la veille.

“Bonjour, dit-il d'une voix basse et en m'observant avec une évidente curiosité.

— Docteur, vous aviez tout à fait raison, assurai-je, il y a quelque chose de bizarre dans cette cabine.

— Je pensais que vous changeriez d'avis, répondit-il d'un ton triomphant ; vous avez passé une sale nuit, pas vrai ? Voulez-vous que je vous donne un remontant ? J'ai une recette épatante.

— Non merci, dis-je, mais je voudrais vous raconter ce qui s'est passé."

J'essayai alors de lui expliquer le plus clairement possible et dans tous les détails ce qui était arrivé, sans omettre le fait que j'avais éprouvé la plus grande peur de ma vie. J'insistai particulièrement sur l'épisode du hublot, car c'était là au moins une réalité dont je pouvais témoigner, même si le reste n'avait été qu'illusion. Je l'avais fermé deux fois au cours de la nuit et la deuxième fois, j'avais tordu l'anneau de cuivre en le vissant à l'aide de ma canne. Je mis fortement l'accent sur ce point de mon récit.

"Vous avez l'air de croire que je pourrais douter de votre histoire, répondit le docteur, qui s'était mis à sourire en m'entendant détailler l'incident du hublot, mais je n'en doute pas le moins du monde et je vous renouvelle mon invitation. Apportez donc vos affaires et partagez ma cabine.

— Partagez plutôt la mienne pour une nuit, répliquai-je, aidez-moi à découvrir le fond de tout cela.

— Vous allez découvrir le fond de tout autre chose, si vous insistez, assura le médecin.

— Et de quoi donc ? demandai-je.

— Le fond de la mer. Je vais cesser de travailler sur ce bateau, c'est plus prudent.

— Alors, vous ne voulez pas m'aider à trouver...

— Non, pas moi, dit vivement le médecin, pour faire mon travail, je dois garder l'esprit clair et je n'ai certainement pas l'intention d'aller fouiner chez les fantômes.

— Vous pensez vraiment qu'il s'agit d'un fantôme ?" demandai-je d'un ton quelque peu dédaigneux.

Mais en prononçant ces mots, je me souvins très précisément de la terrible sensation que j'avais éprouvée au cours de la nuit, la sensation d'avoir affaire à un phénomène surnaturel. Le docteur tourna brusquement la tête vers moi.

"Êtes-vous en mesure d'avancer une hypothèse raisonnable qui explique ces faits ? demanda-t-il. Non, n'est-ce pas ? Vous dites que vous pourriez découvrir une explication. Eh bien, moi, monsieur, je vous dis que vous n'y parviendrez jamais, pour la simple raison qu'il n'y a aucune explication possible.

— Mais, cher monsieur, répliquai-je, est-ce donc vous, un homme de science, qui allez me soutenir que de telles choses sont inexplicables ?

— Je l'affirme, répondit-il fermement, et si elles étaient explicables, je ne chercherais pas à découvrir cette explication."

Je n'avais pas envie de passer seul une autre nuit dans la cabine et pourtant, j'étais bien décidé à trouver la cause de ces phénomènes. Je ne crois pas qu'il se serait trouvé beaucoup d'hommes pour accepter de dormir seuls dans cette cabine après y avoir passé deux nuits épouvantables. Mais je me résolus à le faire si jamais je ne parvenais pas à convaincre quelqu'un d'autre de m'accompagner. Le médecin, de toute évidence, n'avait aucune envie de tenter l'expérience. Il disait qu'il fallait toujours être prêt à intervenir au cas où un accident surviendrait à bord et qu'en conséquence, il devait veiller à ne jamais mettre en péril son équilibre nerveux. Il avait peut-être raison, mais je pense pour ma part que cette prudence était plutôt dictée par sa répugnance à accepter ma proposition. Comme je le questionnais à ce sujet, il me répondit que personne à bord ne serait disposé à s'associer à mes investigations et après encore quelques instants de conversation, je le laissai là. Un peu plus tard, je rencontrai le commandant et lui racontai également mon histoire. Je lui dis que si personne ne voulait partager la cabine avec moi, je demanderais qu'on laisse ma lumière brûler toute la nuit tandis que je resterais seul dans la 105.

"Écoutez-moi, dit-il alors, voici ce que je vais faire. C'est moi qui partagerai votre cabine et nous verrons bien ce qui arrivera. Je pense que nous pourrions découvrir ce qui se passe vraiment. Il se peut qu'un passager clandestin se cache à bord et qu'il ait trouvé le moyen de s'approprier cette cabine en terrorisant ses occupants. Qui sait s'il n'y a pas quelque chose de bizarre dans cette couchette, une cache secrète, par exemple ?"

L'offre du commandant de passer la nuit avec moi satisfaisait tous mes vœux et je lui suggérai d'emmener le charpentier du bord dans la cabine pour qu'il inspecte l'endroit en détail ; il m'envoya aussitôt l'homme en question, à qui il avait donné pour instructions de faire tout ce que je lui demanderais. Je fis enlever la literie de la couchette du haut, et nous examinâmes soigneusement toute la menuiserie pour voir s'il n'y avait pas quelque part une planche amovible, ou un panneau coulissant. Nous sondâmes chaque cloison de la cabine, chaque latte du plancher et nous démontâmes entièrement la couchette du bas ; en bref, il n'y eut bientôt plus un centimètre carré de la 105 que nous n'ayons exploré et contrôlé. Tout était parfaitement en ordre et nous remîmes tout en place. Alors que nous terminions notre besogne, Robert vint à la porte et jeta un coup d'œil à l'intérieur de la cabine.

"Avez-vous trouvé quelque chose, monsieur ? demanda-t-il avec un rictus de frayeur.

— Vous aviez raison au sujet du hublot", lui dis-je et je lui donnai le souverain que je lui avais promis.

Le charpentier, obéissant à mes instructions, accomplissait sa tâche avec compétence et sans dire un mot. Lorsqu'il eut terminé, il parla enfin :

"Je suis un homme franc, monsieur, dit-il, et à mon sens, je crois que vous feriez mieux de prendre vos affaires et de me laisser fixer la porte de cette cabine avec une demi-douzaine de grosses vis, pour qu'on ne puisse plus l'ouvrir. Il n'est jamais sorti rien de bon de là-dedans et voilà tout. Quatre passagers sont morts à cause de la 105 et ça, en quatre traversées. Il vaut mieux laisser tomber, monsieur. Vaut mieux laisser tomber !

— J'essaierai encore cette nuit, répondis-je.

— Il vaut mieux laisser tomber, monsieur. Vaut mieux laisser tomber ! C'est une sacrée sale histoire, croyez-moi !" ajouta l'homme en rangeant ses outils dans son sac ; puis il sortit de la cabine.

J'avais repris courage à l'idée que le commandant resterait avec moi dans la cabine et j'étais déterminé à ne laisser personne m'empêcher d'éclaircir cette étrange affaire. Ce soir-là, je dînai légèrement et ne bus pas la moindre goutte d'alcool ; je m'abstins même de me joindre à l'habituel jeu de whist. Je voulais être sûr de pouvoir contrôler mes nerfs et mon orgueil m'imposait de faire bonne figure aux yeux du commandant.

Le commandant était un de ces hommes extraordinairement solides et optimistes qu'on rencontre parfois parmi les gens de mer et dont le courage, la hardiesse et le sang-froid les conduisent tout naturellement à occuper les plus hauts postes de responsabilité. Il n'était pas du genre à se laisser abuser par des contes à dormir debout et le simple fait qu'il voulût se joindre à moi pour essayer de découvrir le fin mot de l'histoire prouvait qu'à ses yeux, il se passait véritablement quelque chose de grave qu'on ne pouvait expliquer d'une manière banale, ni non plus rejeter comme une simple superstition. Par surcroît, c'étaient d'une certaine manière sa réputation et celle du bateau qui étaient en jeu. Ce n'est pas une mince affaire que de perdre des passagers qui passent par-dessus bord, et il était bien placé pour le savoir.

Vers dix heures ce soir-là, tandis que je fumais un dernier cigare, il vint vers moi et m'entraîna à l'écart des autres passagers qui se promenaient sur le pont dans la tiédeur de la nuit.

“C'est une affaire grave, Mr. Brisbane, me dit-il, et nous devons nous préparer, soit à être déçus, soit à passer un très mauvais moment. Je ne peux pas me permettre de prendre la chose à la légère et je vous demanderai de signer le compte rendu de ce qui se sera produit. Si rien n'arrive cette nuit, nous essaierons à nouveau demain et après-demain. Êtes-vous prêt ?”

Nous descendîmes vers le pont inférieur et nous entrâmes dans la cabine. Au moment où nous franchissions la porte, je vis Robert, le steward, qui se tenait un peu plus loin dans la coursive en nous observant avec son rictus habituel, comme s'il était convaincu que quelque chose d'épouvantable allait bientôt survenir. Le commandant referma la porte derrière nous et poussa le verrou.

"Si on mettait votre valise devant la porte, proposa-t-il, l'un de nous pourrait s'asseoir dessus. Personne alors n'aurait la possibilité de sortir. Est-ce que le hublot est bien vissé ?"

Je le trouvai tel que je l'avais laissé le matin même. Sans l'aide d'un levier, personne n'aurait pu l'ouvrir. J'écartai les rideaux de la couchette supérieure pour pouvoir la surveiller. Sur le conseil du commandant, j'allumai ma lanterne et la plaçait de telle sorte qu'elle éclairât les draps blancs. Le commandant insista pour que ce soit lui qui s'asseye sur la valise, déclarant qu'il voulait à tout prix rester devant la porte.

Il me demanda ensuite de fouiller méthodiquement la cabine, ce qui fut bientôt fait car il suffisait pour cela de regarder sous la couchette inférieure et sous le canapé placé devant le hublot. Ces deux endroits étaient vides.

"Il est impossible à tout être humain d'entrer dans cette cabine ou d'ouvrir ce hublot, affirmai-je.

— Très bien, répondit le commandant avec calme, si donc nous voyons quelque chose à partir de maintenant, ce ne pourra être que le fruit de notre imagination ou la manifestation d'un phénomène surnaturel."

Je m'assis au bord de la couchette inférieure.

"La première fois que c'est arrivé, dit le commandant en croisant les jambes et en s'adossant contre la porte, c'était en mars. Le passager qui dormait ici, dans la couchette du haut, se révéla être un malade mental – ou à tout le moins, il était connu pour être un peu dérangé et il avait entrepris cette traversée à l'insu de ses amis. Au milieu de la nuit, il se précipita au-dehors et se jeta par-dessus bord, avant que l'officier de quart puisse intervenir. J'ai fait stopper les machines et mettre un canot à la mer ; c'était une nuit calme, le gros temps ne devait venir qu'après ; nous ne l'avons pas retrouvé. Bien entendu, son suicide fut attribué par la suite à sa folie.

— Je suppose que des choses semblables arrivent souvent ? dis-je d'un air absent.

— Non, pas souvent, répondit le commandant, ça ne m'était jamais arrivé auparavant, bien que j'aie entendu dire que des incidents semblables s'étaient produits sur d'autres paquebots. Comme je vous le disais, cette histoire a eu lieu au mois de mars. Or, lors de la traversée suivante... Que regardez-vous donc ?" demanda-t-il en interrompant soudain son récit.

Je ne répondis pas. Mon regard était rivé au hublot. Il me semblait que l'anneau de cuivre s'était mis à tourner très lentement – si lentement que je n'étais pas certain qu'il eût vraiment bougé. Je l'observai attentivement, enregistrant dans mon esprit sa position exacte et essayant de déterminer si réellement cette position avait changé. Le commandant regarda dans la même direction que moi.

"L'anneau bouge ! s'exclama-t-il avec force, non, je me suis trompé, ajouta-t-il quelques instants plus tard.

— Si l'écrou se dévissait sous l'effet des vibrations, le phénomène se serait produit pendant la journée ; or, je l'ai trouvé ce soir aussi serré que je l'avais laissé ce matin."

Je me levai et j'essayai de tourner l'anneau. Il s'était desserré, de toute évidence, car je parvenais maintenant, en forçant un peu, à le dévisser sans le secours d'un levier.

"Ce qui est étrange, dit le commandant, c'est que le second passager qui a disparu est sans doute tombé par ce hublot. Nous avons eu un mal fou ce soir-là. C'était une fois encore au milieu de la nuit et par gros temps ; l'alerte fut donnée lorsqu'on s'aperçut que l'un des hublots était ouvert et que l'eau s'y engouffrait. Je descendis dans la cabine : tout était inondé, l'eau se déversait par l'ouverture à chaque coup de roulis et le hublot tout entier s'était détaché, pas seulement le porte-verre. Nous avons finalement réussi à le refermer, mais l'eau avait fait des dégâts.

Depuis cette époque, la cabine sent l'eau de mer de temps en temps. Nous en avons conclu que le passager s'était jeté par le hublot mais Dieu seul sait comment il a bien pu s'y prendre. Le steward me dit sans cesse qu'il ne parvient pas à garder le hublot fermé dans cette cabine. Mais... Ma parole... Ça sent l'eau de mer à présent, n'est-ce pas ? demanda-t-il en flairant autour de lui avec méfiance.

— Oui, c'est très net, dis-je, et je me mis à frissonner tandis que cette odeur d'eau de mer que je connaissais bien devenait de plus en plus intense.

— Il doit forcément y avoir une poche d'humidité quelque part pour que ça sente ainsi, poursuivis-je, et pourtant, quand j'ai inspecté la cabine ce matin avec le charpentier, tout était parfaitement sec. C'est vraiment extraordinaire... Hé là !"

Ma lanterne qui était posée sur la couchette du haut s'était brusquement éteinte. La lampe réglementaire placée derrière le panneau de verre, près de la porte, était cependant suffisante pour éclairer l'endroit. Il y avait un fort roulis et les rideaux de la couchette supérieure se balançaient sur leur tringle, projetés, à chaque mouvement, loin à l'intérieur de la cabine. Je me levai aussitôt de ma couchette sur le bord de laquelle j'étais toujours assis, et au même instant, le commandant bondit sur ses pieds en poussant un cri de surprise. Je m'apprêtai à reprendre ma lanterne pour voir ce qui avait bien pu l'éteindre lorsque j'entendis l'exclamation du commandant et, tout de suite après, ses appels à l'aide. Je me précipitai vers lui. Debout devant le hublot, il luttait de toutes ses forces pour maintenir l'anneau de cuivre qui, en dépit de ses efforts, tournait de lui-même entre ses mains. J'attrapai ma grosse canne de chêne dont je ne me sépare jamais, je la passai dans l'anneau et j'appuyais dessus de toute ma force. Mais le bois épais de ma canne se brisa soudain et je tombai sur le canapé. Lorsque je me relevai, le hublot était grand ouvert et le commandant était adossé à la porte, le visage livide.

“Il y a quelque chose sur cette couchette ! s'écria-t-il d'une voix étrange, ses yeux sortant presque de leurs orbites, tenez la porte pendant que je vais voir ce que c'est. Quoi que ce soit, nous ne le laisserons pas s'échapper !”

Mais au lieu de prendre la place du commandant devant la porte, je montai d'un bond sur la couchette inférieure et j'attrapai quelque chose qui se trouvait sur la couchette du haut.

C'était quelque chose de fantomatique, si terrifiant qu'aucun mot ne pourrait le décrire, et cette chose bougeait entre mes mains. On aurait dit le corps d'un homme noyé depuis longtemps, et pourtant, ce corps bougeait avec la force de dix hommes vivants. Je me cramponnai à cette forme répugnante, gluante, suintante, qui semblait fixer sur moi, dans la pénombre,

deux yeux blancs et morts ; il se dégageait de cet être une odeur putride d'eau de mer croupie et des cheveux brillants tombaient en boucles humides et sales sur son visage cadavérique. Je luttai avec cette chose morte qui se jeta sur moi et me repoussa en arrière en me cassant presque un bras ; le cadavre vivant m'entoura le cou de ses bras et me serra si fort que j'en poussai un cri de douleur puis tombai par terre en lâchant prise.

Tandis que je m'écroulais sur le plancher, la chose m'enjamba d'un bond et se rua sur le commandant. Celui-ci se tenait debout devant la porte, le visage pâle et les lèvres serrées. Il me sembla qu'il frappa violemment la forme cadavérique, puis lui aussi tomba en avant, face contre terre, en poussant un hurlement d'horreur.

La chose s'attarda un instant, penchée au-dessus de la silhouette prostrée du commandant et j'aurais pu à nouveau hurler de terreur si j'avais encore eu de la voix. L'être, alors, disparut soudain et il me sembla, dans la confusion de mes sens, qu'il s'était jeté par le hublot, bien que cela parût impossible, compte tenu de l'exiguïté de l'ouverture. Je restai un long moment étendu sur le plancher, à côté du commandant lui aussi immobile. Finalement je parvins à reprendre un peu mes esprits et à remuer ; aussitôt je m'aperçus que j'avais le bras cassé : je m'étais brisé un petit os de l'avant-bras gauche, près du poignet.

Je réussis cependant à me lever, et, avec ma main valide, j'essayai d'aider le commandant à en faire autant. Il gémit, remua à son tour, et reprit connaissance. Il n'était pas blessé, mais semblait fortement commotionné.

Et voilà. Vous voulez en savoir davantage ? Il n'y

a rien d'autre à raconter. C'est la fin de mon histoire. Le charpentier mit à exécution son idée de fermer définitivement la porte de la 105 avec une demi-douzaine de grosses vis. Et si jamais il vous arrive de traverser l'Atlantique sur le *Kamtchatka,* vous pouvez toujours essayer de réserver cette cabine. On vous répondra qu'elle est déjà occupée – occupée, en vérité, par cette chose morte.

J'ai terminé le voyage dans la cabine du médecin. Il soigna mon bras cassé et me conseilla de ne plus aller "fouiner chez les fantômes". Le commandant restait silencieux et plus jamais il ne navigua sur ce paquebot, bien que celui-ci soit toujours en service. Et moi non plus, je ne naviguerai plus jamais à son bord. Cette expérience a été excessivement désagréable et j'ai eu très peur, ce qui me déplaît profondément. Voilà, c'est tout. C'est ainsi que j'ai vu un fantôme – s'il s'agissait bien d'un fantôme. En tout cas, c'était quelque chose de mort. »

## Remerciements

Dans ce recueil, *W. S.* a été extrait, par aimable autorisation des ayants droit de L.P. Hartley, de *The Complete Short Stories* (Hamish Hamilton), © 1954, 1973 The Executors of the Estate of the late L.P. Hartley ; *Harry* et *Rencontre à Noël* de Rosemary Timperley ont été reproduits grâce à l'aimable autorisation de l'auteur ; *La Boutique du coin* de Cynthia Asquith a été publiée par Barrie Books, qui fait actuellement partie de Hutchinson Publishing Group, © Lady Cynthia Asquith, 1951 ; *Dans le métro* est reproduit par aimable autorisation des ayants droit de E.F. Benson ; *Elias et le Draug* de Jonas Lie faisait partie d'un recueil publié en 1902 par Gyldenlal Norsk Forlag ; *Compagnes de jeu* et *Le Balayeur* de A.M. Burrage sont reproduits par aimable autorisation du propriétaire du copyright, J.S.F. Burrage.

ROALD DAHL
présente

huit auteurs très différents : hommes et femmes, anglais pour la plupart, mais Jonas Lie est norvégien et l'Américain Francis Crawford est né et mort en Italie ; les uns sont du XIX$^{e}$ siècle, d'autres sont contemporains comme Rosemary Timperley. Ce qui les réunit ici, c'est leur goût commun pour les fantômes, l'irrationnel, les jeux bizarres avec le temps. Roald Dahl, grand amateur d'humour noir, a provoqué cette rencontre et s'en explique, non sans faire un détour par la littérature enfantine, où lui-même excelle. *Danny, le Champion du monde* a paru dans la collection Le Livre de Poche Jeunesse.

# TABLE

## Si vous avez aimé ce livre, vous aimerez aussi dans la collection Le Livre de Poche Jeunesse :

**Belphégor**
Arthur Bernède
Un mystérieux fantôme hante les galerie du Louvre, la nuit. Il nous entraîne dans les couloirs inquiétants du musée parisien, cadre d'un inextricable mystère...
12 ans et +
N° 778

**Le monde perdu**
Sir Arthur Conan Doyle
Traduit de l'anglais par Gilles Vauthier
Il faut admettre cette impossible réalité : la préhistoire n'est pas morte. Le professeur Challenger traverse la forêt amazonienne pour en avoir la preuve.
11 ans et +
N° 15

**L'homme qui brillait la nuit**
Sid Fleischman
Traduit de l'américain par Roland Helville
Enlevé par un pirate le jour de ses quatorze ans tout simplement parce qu'il est né à minuit, Olivier doit chasser le fantôme sur une sinistre île au trésor.
11 ans et +
N° 33

**Le roman de la momie**
Théophile Gautier
Entrecroisement de passions amoureuses dans l'Égypte ancienne. Eprise d'un bel inconnu, Tahoser ignore qu'elle est elle-même aimée du Pharaon.
12 ans et +
N° 479

**La bibliothécaire**
Gudule
Guillaume découvre bientôt qu'une vieille dame et une jeune fille... ne font qu'une. Il n'est pas au bout de ses surprises.
11 ans et +
N° 547
Prix Chronos
Sélection Prix Peep 1996 et prix France Télévision

**Docteur Jekyll et M. Hyde**
Robert Louis Stevenson
Traduit de l'anglais par Jean Muray
Le sympathique docteur Jekyll est-il la victime d'un monstre ? Ou serait-il son complice ?
11 ans et +
N° 1125

**Les voyages de Gulliver**
Jonathan Swift
Traduit de l'anglais par Frédéric Ogée
Le Voyage à Lilliput et le Voyage à Brobdingnag, dans leur version intégrale
11 ans et +
N° 1158.

**L'homme invisible**
Herbert George Wells
Traduit de l'anglais par Achille Laurent
Que cache ce voyageur tout enveloppé de bandages ? L'aubergiste qui l'a surpris tête nue prétend n'avoir vu qu'un trou noir.
11 ans et +
N° 39

**Le maléfice de Muncaster**
Robert Westall
Suivi de Brangwyn Gardens
Traduit de l'anglais par Sophie Dalle

Deux histoires où le passé resurgit dans le présent, créant l'effroi et la surprise. Une des gargouilles de la cathédrale a un pouvoir maléfique. Un mystère se cache dans les murs d'une vieille pension londonienne.
12 ans et +
N° 623

**Le fantôme de Canterville et autres contes**
Oscar Wilde
Traduit de l'anglais par Jules Castier
Que peut un fantôme écossais contre le bon sens américain d'un homme d'affaires et de ses enfants prêts à lui jouer des tours ?
10 ans et +
N° 14

*Composition JOUVE – 53100 Mayenne*
N° 309671v
Imprimé en Italie par G. Canale & C.S.p.A.-Borgaro T.se (Turin)
Octobre 2002 - Dépôt éditeur n° 24422
32.10.2068.8/01 - ISBN : 2.01.32268.5
*Loi n° 49-956 du 16 juillet 1949 sur les publications destinées à la jeunesse*
*Dépôt légal : novembre 2002*